# Their Youthful Storm

# 他們的青春風暴

上

晨羽
著

• CONTENTS •

# PART 1

石渝安看見母親坐上一個陌生男人的車。

當時悶悶不樂的她走在回家路上，發現臉上化著妝，打扮得比平日漂亮的母親走進一條沒有人煙的偏僻巷子，好奇跟過去，發現她竟在那裡與一名中年男子會面。

這名五官端正、風度翩翩的男人伸臂擁抱石母，在她的臉頰落下一吻，石母被他的舉動嚇一跳，臉上露出帶著埋怨的羞澀笑容。

兩人坐上男子的黑色轎車離去，記下車牌號碼的石渝安回家把自己關在房裡，用手機找出某人的ＩＧ帳號。

當她在某張照片上看見那個男人的面孔，目瞪口呆，一度不敢相信這個事實。

「怎麼可能……」她的聲音發抖，腦中一片空白。

眼前ＩＧ帳號的使用者名叫葛葳，跟她同為十六歲的高一生，也是她密切關注的人氣網紅。

在網路上有二十五萬粉絲追蹤的葛葳，擁有宛如混血兒的精緻五官、高䠷苗條的身材，當過平面雜誌的模特兒。她身上所穿戴的服飾、頭上梳的髮型，以及日常使用的物品，都能讓許多年輕女孩爭相模仿，具有不容小覷的影響力。

葛葳在今年的父親節首次公開與父親的合照，引發熱烈迴響。葛葳出眾的外貌及氣質跟父親如出一轍，都是會讓人印象深刻的長相。因此當石瑜安看見母親的約會對象，幾乎是一眼就認出對方。

母親跟葛葳的父親談戀愛？

這是什麼惡作劇的天大玩笑？

許久後才逐漸回神的石瑜安，心中百感交集。不曉得為什麼，對於母親背叛家庭的行為，她發現自己竟然沒什麼憤怒的情緒，反而在意識到自己因這件事跟葛葳有了交集，內心還湧上一股無以名狀的奇妙感受……

LINE群組響起的訊息音，打斷石瑜安的思緒。手機裡一張兩人坐在咖啡廳裡的照片，讓她瞪大眼睛。

梁家純：今天巧克力冰沙買一送一，超幸運！

照片裡的梁家純跟吳珣美坐在咖啡廳裡，手中都捧著一杯冰沙，臉上笑得燦爛無比。

這條訊息一出，很快就有人回應她們。
邱聖芯：真好，我也好想喝。
吳珣美：下次我們一起喝，聖芯妳好好陪伴咪咪，有需要幫忙的地方儘管說。
梁家純：如果咪咪不要緊了，記得告訴我們，我們都很擔心。
邱聖芯：沒問題，最愛妳們了！
看著聊得熱絡的這三人，石湎安的表情一秒垮下。
勉強送出一張打氣的貼圖後，她忍不住將手機丟到床上，當場氣紅了眼眶。
今天她原本要跟這些好友去看電影，邱聖芯卻因愛貓突然生病，無法赴約。收到消息後，梁家純立刻在群組裡提議下次再看，吳珣美一秒同意，讓已經提前抵達電影院，也幫大家買好電影票的石湎安錯愕萬分。
看到梁家純和吳珣美開心喝冰沙的畫面，石湎安內心的不滿一觸即發，整個人怒不可遏。
一小時半後，房間門突然被打開，石湎安差點叫出來。

石母走進來，看見她坐在床上，納悶問：「怎麼這麼快就回來？妳不是要跟同學去看電影嗎？」

「有、有一個同學臨時有事，取消了！」

石渝安嚇得心臟怦怦跳，不曉得母親是何時回來的。

眼前的石母穿著樸素，臉上脂粉未施，跟剛才和葛葳父親在一起的模樣判若兩人。石渝安不禁想，母親是不是回來後發現她在家，就馬上跑去換裝卸妝，不讓她發現自己今天有特別打扮。

「既然取消了，就去整理房間。看看妳的書桌多亂，別一天到晚滑手機！」

若是平常，石渝安會不耐煩的回嘴，要母親停止嘮叨，這次卻是溫順回應：「知道了。」

似乎沒料到她會乖乖聽話，石母挑了下眉頭，旋即關門離去。石渝安深深鬆一口氣。

晚餐時間走出房間，大她兩歲的哥哥石丞光也從外面回來。

三個人的餐桌上，石渝安不時偷偷觀察坐在眼前的母親，有著滿腹疑問。

母親和葛葳的父親是怎麼認識的？又是何時發展成這種關係？

莫非，她一直都是趁著家裡沒人的時候，出去跟對方約會？

更讓石渝安覺得匪夷所思的是，石母各方面都十分普通，既沒有迷人的外貌，也沒有特殊的魅力，卻能夠吸引到葛父這樣的男人，她深深好奇對方究竟是看上母親的哪一點？

然而，今日石母對葛父展露的甜美笑顏，石渝安不曾見過。一直以來嚴厲又無趣的母親，居然會有如此小女人的一面……

想得入神的石渝安不知不覺停止動筷，石母見狀，蹙眉開口：「妳在幹麼？還不快吃飯？」

「我有吃啊。」她心虛，低頭大口吞飯。

「心不在焉的，房間整理了沒？該不會又在玩手機，什麼都沒做吧？」

「我有整理啦。幹麼懷疑我？奇怪！」

「還不是因為妳老是做讓人懷疑的事。剛才叫妳把房間的垃圾拿出來，也是拖拖拉拉，差點讓垃圾車開走，現在吃個飯也恍神，不知道在想些什麼。妳就是只會嘴上工夫，辦事一點也不牢靠，讓人看了就生氣！」

石渝安心中的怒火一秒被點燃。

她現在會這樣恍神、心不在焉，不就是母親害的嗎？

明明自己做出更過分的事，到底憑什麼義正詞嚴教訓她？

石渝安越想越憤慨，咬牙說：「媽，妳今天去洗鞋店了嗎？」

「什麼？」

「早上我聽到妳跟哥說，今天會把他的運動鞋送洗。可是剛剛在玄關，我發現哥的鞋子還是很髒，不像有洗過耶。妳真的——」

「贏啦！」

身旁爆出的歡呼聲，把她們嚇一跳。

正在用手機觀看足球賽的石丞光雙手握拳，興奮又激動。

「石丞光，現在在吃飯，你還看什麼手機？」石母怒罵。

「好啦好啦，已經結束了。」沉浸在贏球喜悅的他心情正好，把手機擺到一旁後，用筷子夾起一塊糖醋排骨放進嘴裡，眉開眼笑道：「媽煮的糖醋排骨好好吃。」

石渝安對狀況外的哥哥投一枚白眼，腦袋卻也因此冷靜下來。

想著剛才的行為，她渾身滲出冷汗，慶幸沒有因為衝動，真的做出不可挽回的事。

兒子的讚美讓石母稍微消氣，問他：「你今天跟你爸去吃什麼？」

「鐵板燒。」答完，他很快補充，「我常吃的那一間，上週重新開幕，整修後看起來比之前更乾淨。媽妳可以去吃吃看。」

「嗯。」石母反應平淡，顯然沒什麼興趣，「他怎麼樣？」

「很好啊。爸精神不錯，身體也很健康。」

「你們之後還有去哪裡？」

「沒有，我吃完飯就去圖書館念書，爸也說他要直接回爺爺家。」

石母點點頭，不久又想到一件事，「剛才我去倒垃圾，碰到小泉她媽媽。她說，浩璘這次模擬考拿了校排第一。」

石渝安一驚，猜到母親又要提起那件事，開始替石丞光默哀。

「是喔？那很厲害耶。」

石丞光事不關己的反應，讓石母有些不滿，她嚴肅看著他，說出那句話：「要是你沒在會考時出狀況，現在就能跟浩璘同校，也會拿到校排第一。」

「不一定啦，浩璘很優秀，我未必能贏他。」

石母眼神淩厲，聲音添上一分強硬，「不管怎樣，從現在起到學測結束，你每天都要作息規律，好好睡覺，更不許亂吃外面的東西。當年的事絕不能再發生一次，明白嗎？」

「明白。」石丞光心平氣和的應下。

石渝安突然感覺大難臨頭，果不其然，石母凶狠的目光接著朝她射來。

「還有妳也是，還不快想辦法提升成績？我不期望妳跟妳哥一樣，但好歹也要進前兩百名吧？下個月的期末考再考得這麼糟，以後休想我讓妳出去玩，聽到沒有？」

知道現在頂嘴下場會更慘，石渝安只能跟哥哥一樣乖乖應允。

令人窒息的晚餐時間結束，石渝安逃回房間，發現桌上的手機有新訊息。

「渝安，妳在幹麼？」

面對吳珣美的關心，石渝安冷哼一聲，沒打算回應。

滑手機滑到一半，母親叫她洗澡，她拿著換洗衣物走出房間，碰上洗好澡，正要回房間的石丞光。

「洗鞋店沒開。」

「什麼？」對方沒頭沒尾的話讓她愣住。

「吃飯的時候，妳不是問媽有沒有去洗鞋店？我回來時經過店家，發現對方休息，所以我替媽回答妳。」石丞光眼神納悶，「妳幹麼突然那樣問媽？」

「因、因為媽很少會忘記當天要做的事，我好奇才會問。但我主要是想轉移媽的注意力，不讓她繼續罵我，沒什麼特別的意思！」她邊說邊捏一把冷汗。沒想到當時專注看球賽的石丞光，原來有在聽她們說話。

「喔，我還想妳何時變得這麼關心我，會在意老媽有沒有把我的鞋子好好送洗。」

「誰關心你了？都是你啦，害我被掃到颱風尾！」

「喂，我又不是故意害妳被罵，我也很倒楣好嗎？」石丞光翻白眼。

石渝安偷偷往母親的方向瞄一眼，小聲抱怨：「媽到底要提那件事到什麼時候？你都高三了，還在計較你會考的事，又一直扯到浩璘哥，都不會膩嗎？我都聽煩了！」

「沒辦法，可能我當年出包的事真的讓媽陰影很深。她高興就好了，妳不必放在心上。」他態度豁達，接著話鋒一轉，「欸，下週妳跟老爸去吃飯吧，他很關心妳。妳上次不是嚷嚷著想吃麻辣鍋？乾脆讓爸帶妳去吃啊。」

石渝安眼睛一亮，「就這麼辦！」

「那妳早點通知他，也跟媽講一下。」他轉身就被妹妹抓住了衣角，回頭問：「幹麼？」

「那個……呃……就是……」

石渝安緊張的支支吾吾，想打探哥哥對於母親的出軌，是否也有一絲絲察覺，耳邊卻在這時響起母親催她洗澡的怒吼，嚇得她什麼也沒說就匆忙跑走。

踏進不帶熱氣的浴室，石渝安看著沒有霧氣的洗手台鏡子，立刻知道石丞光的壞毛病又犯了。

「他瘋了嗎？今天十度耶，都不怕感冒嗎？」她傻眼吐槽。

石渝安很早就發現石丞光有一個怪癖，就是會在冬天偷偷洗冷水澡，而且特別喜歡在寒流來時這麼做。

一年前，她在寒流來襲的某個夜晚到陽台拿東西，發現石丞光明明就在隔壁的浴室洗澡，熱水器卻沒有啟動，不禁起了疑心。同樣的情況又被她抓到兩次後，她才知道石丞光有這種近乎自虐的嗜好。要是被最重視他身體狀況的石母發現，鐵定會出大事。

心想這也許真是哥哥的興趣，石渝安便沒打算揭穿他，哪怕對方惹她生氣，也沒想過跟母親告狀，因為她認為石母有可能會亂遷怒到她身上，她不想自找麻煩。

洗完舒服的熱水澡後，石渝安回到房間，看見手機的新訊息，以為又是吳珣美，結果是住在隔壁街的李湘泉。

敲下隔壁的房門，對方門一開，石淯安劈頭就問：「你在幹麼？」

「看電影，有何貴幹？」

「小泉姊傳訊息給我，她有事找你，但你不接電話也不讀訊息，請我看你是不是在忙？你幹麼又不回人家？」

「喔，我今天一整天在圖書館，手機調勿擾，忘記弄回來。」石丞光漫不經心的打呵欠，「知道了，我會回她。」

「你這個人真的很不細心，難怪小泉姊不要你！」

「又在亂講什麼？」他皺眉。

「本來就是呀。浩璘哥比你更溫柔體貼，小泉姊才會喜歡他。如果是浩璘哥，絕對不會像你一樣動不動聯繫不上，讓她找不到人！」

「妳很好笑，我對李湘泉又沒那個意思，幹麼在乎她會不會喜歡我？」

「但你們以前每天玩在一起，還接過吻耶。」

「白痴，小孩子的玩鬧，妳還真當一回事？妳小時候也親過我，難不成妳喜歡我？」

「噁，誰喜歡你？我超討厭你好嗎！」石渝安滿臉嫌棄。

「知道自己說的話有多蠢了吧？別在浩璘面前講出來，不然被笑。」

「我才不會說，浩璘哥也不會笑我。他很疼我！」

「那妳去當他的妹妹吧，我樂得輕鬆。不過，我想浩璘不會想要有一個掉到兩百名以外的妹妹，因為他不喜歡笨蛋。」石丞光笑得壞心。

石渝安氣得掄起拳頭打過去，被他俐落閃過。這時，她才注意到對方的頸部掛著沒見過的白色耳罩式耳機，好奇問：「你那副耳機是新的？」

「對啊，原來的耳機壞掉，老爸今天買給我。」

「什麼？你好詐！」

「妳也可以讓爸買給妳啊。」他得意洋洋。

石渝安氣噗噗轉身就走，被對方叫住，她不耐回：「幹麼啦？」

「妳剛才是不是有話要跟我說？」

她愣了一下，大聲道：「沒有！」然後跑回房間重重關門。

在心裡痛罵哥哥一頓，石渝安躺在床上繼續滑手機，發現葛葳發布新的限時動態，立刻動手點進去看。葛葳分享一張可愛小巧的仙人掌照片，表示這是葛父送她的禮物，希望可以養得很久。

就在這一刻，石渝安發現自己對葛葳的感覺已經不同以往。

知道母親跟葛父的關係後，她不再覺得葛葳是遙不可及的存在，而是跟她有著密切關係的人。

看著這篇限動，石渝安認為葛葳還不知道真相。

要是發現自己敬愛的父親背叛家庭，葛葳一定也會遭受打擊，傷心難過吧……

揣著這份心事，石渝安默默看過葛葳的每一張照片，直到睡意襲來。

＊＊＊

週一早上，石渝安踏進校門就被吳珣美叫住。

「渝安，妳為什麼不回我訊息？」

「沒為什麼。」石渝安態度冷漠，看也不看她。

「妳是不是在生我們的氣呀？」

對方的明知故問讓她更氣憤，加快前往教室的腳步。

吳珣美追上去道歉：「對不起啦，我們不是故意放妳鴿子。誰知道咪咪會突然生病，我們也不好不顧聖芯的心情，三人繼續去看電影。妳說對不對？」

石渝安猛然停下瞪著她，「這我當然知道啊！我又沒那麼不通情理，問題是妳們連問都不問我就直接取消，一點也不尊重我。後來妳跟家純去喝冰沙也不找我，感覺就是故意把我排除在外！」

吳珣美連忙澄清，「我們沒有把妳排除在外。電影取消後，我跟家純在車站遇到，到附近喝個冰沙就各自回家了，根本沒有相約這回事。而且妳也知道，聖芯若看到我們三人真的落下她玩得開心，其實還是會很介意的……」

聽懂她的言下之意，石渝安覺得更受傷，「所以只要我也不在，聖芯就不會介意了？妳們這樣更過分，我的心情就不重要了嗎？」

「拜託妳別這麼說啦，我當然也想找妳，但家純就是會顧慮。她跟聖芯本來就比較要好，自然更重視她的心情。她態度那麼強硬，我也不能說什麼……我們真的不是故意針對妳，那天沒能看到電影，我也很失望，我跟妳一樣期待很久了！」

聽到這裡，石渝安也漸漸願意理解好友的苦衷，也不再把氣出到她身上。

「早知道會這樣，一開始我們兩人去看就好了。反正聖芯跟家純對那部片本來就興致缺缺，是為了我的生日才決定陪我們看，結果竟害得我跟妳都看不成。超倒楣！」石渝安悶聲抱怨。

「就是呀，以後有想看的其他電影，我們就自己去看。」見她氣消，吳珣美開心挽住她的手，開啟她會感興趣的另一個話題，「我跟妳說，那天我去買冰沙的時候，遇到姜士詮。他看見我跟家純，以為我們四人約在那裡，問我妳是不是還沒到？」

石渝安瞪大眼睛，「真的嗎？」

「當然是真的，而且他只提妳，沒提到聖芯。感覺就是比較關心妳。」

石渝安心跳驟快，胸口滋生的喜悅讓她整個人飄飄然。

「渝安，妳的臉好紅！」吳珣美大笑。

「妳不要那麼大聲！」石渝安摀住她的嘴，兩人一路打鬧到進教室。

早自習結束時，四個女孩在教室裡聊天，邱聖芯這才為週六爽約的事向石渝安正式道歉。

「其實妳們不用顧慮我，可以先去看的。害渝安不得不退票，我很過意不去。」邱聖芯滿臉歉意。

那妳當時在群組裡怎麼不說呢？石渝安默默吐槽她的言不由衷，皮笑肉不笑，「沒關係啦，反正還有機會可以看。」

雖然心裡埋怨邱聖芯，但她其實已經沒那麼生氣了，甚至還有一點感謝她。畢竟若非邱聖芯臨時爽約，那天她也不會提前回家，進而發現母親跟葛父的驚人祕密。

「那我們這週六去？」邱聖芯說。

石渝安一愣，趕緊回：「這週六我不行，我跟我爸有約！」

「但我週日也有事耶，不然下下週？」三人都同意後，邱聖芯動手撥撥剪齊的劉海，愉快的換了話題，「我跟妳們說，我昨天去染髮了。」

「我正想問耶，妳不是上個月才染？為什麼又要染回黑色呢？」吳珣美不解。

「妳猜猜看。我現在的髮型，妳們會不會覺得像誰？」

三人認真觀察，梁家純兩手一拍，大聲說：「我知道了，像葛葳！」

「妳覺得像葛葳嗎？」邱聖芯眉開眼笑的反應，證明梁家純說出她想聽的答案。

「像！難怪我覺得眼熟。妳比葛葳更適合這個髮型，甚至比她更好看！」

石渝安差點被口水嗆到，不敢相信自己聽見什麼。

雖然邱聖芯確實長得可愛，跟葛葳卻完全不是同一個等級。更重要的是，葛葳與生俱來的特殊氣質，才是她之所以迷人的關鍵，這是邱聖芯再怎麼努力都模仿不來的。

「家純，妳好誇張，我怎麼可能比葛葳好看啦？」邱聖芯害羞的反駁。

「我是站在客觀的角度說的，從妳的臉型跟整體感覺來看，妳確實比她適合這個造型啊，我真心覺得妳不輸葛葳！」

梁家純說完，第一堂課也開始了。這是石渝安第一次如此高興聽見上課的鐘聲，讓她不必再為這段荒謬對話拚命忍笑。

中餐時間，四人又聚在一起，葛葳再次變成話題，由梁家純開啟。

「葛葳上週不是在限動分享一本小說嗎？當我去我家附近的書店找，發現居然賣完了。書店店員說，這幾天有很多人都是因為葛葳過去訂那本書，還說它本來銷量普通，是葛葳讓它熱銷起來了。」

吳珣美說：「我也是因為看到那則分享，特地去找那本書，但是網路書店都缺貨，我跑五家書店也沒找到！」

「嘻嘻，我有喔。」

當邱聖芯從書包裡拿出一本青色封面的書籍，立刻掀起一片驚呼。

吳珣美滿臉佩服，「聖芯好厲害，妳居然買到了！」

「這是我表妹買的啦，她是葛葳的鐵粉，葛葳一分享她就馬上去下單了，還慷慨送我一本。渝安，妳買了嗎？」

「我最近沒什麼零用錢，沒辦法買書……」她搖頭。

「那這本送給妳，拿去吧！」邱聖芯直接將小說交給她。
石渝安大吃一驚，「為什麼送給我？妳不要嗎？」
「我表妹一口氣買三本，原本留一本做收藏，我昨天拜託她賣給我了。當作是不小心放妳鴿子的賠罪，收下吧！」邱聖芯俏皮眨眼。
不敢相信邱聖芯會這麼做，石渝安感動之際，也不禁為之前嘲笑她的行為感到羞愧。
「真好。渝安，妳讀完可以借我嗎？不然我不知道什麼時候才能買到書。」吳珣美央求。
「好啊，沒問題。」
「那我也要排隊！不過這本書大概在講什麼？我從網路上看簡介，感覺好抽象，不是很懂。」梁家純看著邱聖芯說。
「我週末就讀完了，作者的用詞有點艱澀，確實不太好讀，但劇情比我想像的更精彩。這是一個女人背著丈夫和別的男人出軌，最後走向不幸的故事。」
石渝安雙手一震，書差點掉到地上。

「居然是不倫戀？」吳珣美瞠目。

「對呀，女主角的不倫對象是她的大學老師。雖然出軌故事很常見，但這本小說的結局讓我印象特別深刻，女主角外遇的老師最終什麼也沒失去，還能回到妻子跟孩子身邊，過著幸福快樂的日子，反觀女主角則被家人拋棄，最後還患病去世，超級慘的……啊，我居然直接爆雷，對不起！」邱聖芯大驚，連忙摀嘴。

「幸好妳不小心爆雷，我現在完全不想看了，我最討厭的就是這種故事。我要是讀了，一定會被女主角氣死，心情不好一整天！」梁家純大翻白眼，對這本小說徹底失去興趣。

「沒想到葛葳會推薦這種劇情的小說，有點意外耶。不過明明雙方都出軌，卻只有女主角變得不幸，感覺很不公平。」吳珣美皺眉。

「哼，我倒覺得女主角是自找的。每次聽到這種事，我都會覺得女生很沒腦子，會為第三者拋棄家庭的男人本來就不多，社會對出軌的男人又比較寬容。明知這點還要栽進去、怨天怨地的女人，我最討厭了！感覺是在告訴大家，女人就是比男人沒理智。這種害得女人被瞧不起的人，一點都不值得同情！」梁家純語氣激動。

「家純，妳也太氣了吧？」邱聖芯噗哧。

「我當然會氣！因為我姑姑就是這樣，跟有婦之夫交往後被拋棄，每天都過得渾渾噩噩，老是哭哭啼啼的，看起來真的好窩囊。雖然渣的是男人沒錯，但偏偏要選擇那種渣男的女人不是更糟糕嗎？根本就是女人之恥！」她忍不住用力敲一下桌子，發出巨大聲響。

「妳冷靜一點，渝安都被妳嚇到了啦！」邱聖芯制止。

三人同時看向石渝安，梁家純立刻怒氣全消，驚訝問：「我的天！渝安，妳臉色發白耶，真的被我嚇到了嗎？」

「沒、沒有啦。」石渝安笑容僵硬。

「抱歉抱歉，我太激動了。我姑姑的事讓我們家有一段時間不得安寧，所以只要提到這個話題，我就會忍不住生氣。原諒我吧！」梁家純抱住石渝安，向她賠不是。

「聽家純妳這麼說……我也開始覺得那些明知故犯的女人，並不都是全然無辜的了。」被說服的吳珣美如此回。

「對吧？我姑姑就是血淋淋的例子。即使她是我親戚，我也無法幫她說話，妳們千萬不能變成像她那種笨女人！」

「才不會呢！」邱聖芯跟吳珣美異口同聲，三人繼續嬉笑聊天，石渝安卻無法發自內心跟著一起笑出來。

明明梁家純罵的不是她，石渝安卻覺得像被剝光衣服扔在大街上，遭人狠狠丟石頭。臉頰更是一片火辣辣，彷彿被搧好幾個耳光。

這下她很確定，絕不能坦承母親跟葛葳父親的祕密，畢竟她們也深深仰慕著葛葳，一旦她們知曉，別說從此用異樣眼光看她，很可能連朋友都做不成了。

午休前五分鐘，吳珣美來到石渝安的座位旁，笑笑對她說：「聖芯人真好，居然把那麼難買的書送妳，可見她有在意妳的心情。」

「嗯。」石渝安喉嚨乾澀，從抽屜拿出那本書給她，「珣美，妳拿去看吧。」

「咦？妳不看嗎？」

「我……晚點讀沒關係。如果妳很想看，我就先借妳。」

「謝謝，那我不客氣了。雖然聖芯不小心爆雷，但我反而更有興趣了！」吳珣美高興收下，發現她面色黯淡，好奇問：「妳怎麼了？」

「我好像吃得太飽，肚子有點不舒服，我去廁所一下。」避開好友關心的視線，她匆匆離開教室。

從洗手間回教室的路上，石湉安的內心充滿不安。

先前她認為葛葳還未知曉父親外遇的事，但在知曉那本小說的劇情後，她突然不敢百分之百肯定了。

葛葳會分享那種故事的小說，應該只是單純的巧合吧？

葛葳不是真的已經知道什麼了吧……

這時有人從背後呼喚她，看見朝自己靠近的那張面孔，石湉安的心臟立刻漏跳一拍，緊張得呼吸停滯。

披著陽光的姜士詮，捧著一杯未開封的珍珠奶茶到她面前，笑吟吟對她說：「剛剛看妳經過我們班，我就出來叫妳了。我們班導請全班喝珍奶，但我肚子很飽喝不下。妳要不要？」

「可以給我嗎？」她受寵若驚。

「可以呀，就當作是妳的生日禮物。」

「生日禮物？」

「前天我在車站遇到吳珣美，她說上週五是妳的生日。生日禮物送妳珍奶，會不會沒誠意？」

「不會，我很喜歡喝珍奶！」

「那就好，雖然晚了兩天，但還是祝妳生日快樂。拜拜！」男孩把珍奶交給她，就轉身走掉。

回教室後，吳珣美問她怎麼會有那杯珍奶，石渝安把她拉到走廊上解釋，開心跟她道謝。

「姜士詮真有心！我想讓他知道妳的生日，才故意告訴他，沒想到他真的會記住。我覺得你們之間有越來越好的跡象。」吳珣美很為她高興。

「但我到現在都沒有他的LINE，這樣算好嗎？感覺連朋友都稱不上……」

「你們又認識不久，相處的機會也不多，只要把握每次互動，你們一定很快就變熟！」

吳珣美的鼓勵給石湌安打了強心劑，心情跟著樂觀起來。

她跟姜士詮是在三週前認識的。

那天她在返家的捷運上用手機看漫畫，聽見附近傳來驚呼聲，接著就看見隔壁班的姜士詮驚慌瞪著灑在地上的一灘可樂，並清楚聽見一對情侶的對話。

女生告訴男人：「你撞到人家了！」男人竟回：「不管他，趕快下車。」車門開啟後，兩人真的落荒而逃，留下抱著麥當勞紙袋，不知所措的姜士詮。

滿地的可樂跟冰塊，引起周遭乘客的不滿。看著滿臉通紅，陷入困難的姜士詮，石湌安有點不忍心，按下身旁的對講機，告知司機員有乘客打翻飲料。

清潔人員前來清理時，石湌安也下了車，回頭再望一眼男孩，對方已經被淹沒在人群裡，沒能看見他。

過了一週，同樣人潮洶湧的捷運站裡，石湌安轉車途中被趕車的乘客撞上，手上提袋裡的東西掉了出來，她狼狽蹲下撿拾，有一個人不僅主動幫忙，還叫出她的名字，對方正是姜士詮。

尷尬的是，袋裡裝的都是她跟吳珣美的姊姊借來的BL漫畫及小說，還有一些是限制級的，姜士詮卻從容撿起那些封面露骨的書，笑著說他很高興有機會報恩。

「報恩？」

「上週我在捷運上被人弄翻可樂，看見妳通知站務人員。謝謝妳幫我，不然我真的不知道怎麼辦。」

「沒什麼啦，小事而已。」她有些意外。當時車廂內人潮眾多，她以為姜士詮沒發現是她做的。

「對妳而言可能是小事，但如果是我，恐怕只會做到拿衛生紙清理，或是用APP通知站務人員，不敢直接使用對講機，因為我臉皮滿薄的……啊，我不是指妳臉皮厚！我的意思是，我的個性比較不容易這麼做，所以很欽佩妳的勇敢，謝謝妳願意伸出援手。」

「你、你太誇張了，如果我真的勇敢，就會幫你教訓撞到你的人。

而且你那樣不能說是臉皮薄，你只是內向而已！」男孩誠摯的讚美，讓石渝安很害羞。

「謝謝。」他笑容靦腆，「對了，妳知道我是誰嗎？」

「知道，你是姜士詮。那你怎麼會知道我的名字？」

他噗哧，「我們兩班的體育課一起上，自然而然就知道了。而且我看妳常跟邱聖芯在一起，我和她是同一個國中畢業的。」

「原來是這樣。」她現在才知道。

「嗯，那我也要去趕車了。學校見！」姜士詮把裝好書的袋子拿給她，就跟她道別，跑向另一個月台。

那天開始，男孩的笑顏就在石渝安的腦中揮之不去。

此後在學校遇見對方，她都會心跳加速；經過對方的班級，會不由自主尋找他的身影，也會因為在體育課上跟他說到話，而內心雀躍不已。最後她不得不承認，自己是真的喜歡上這個親切善良的男孩子。

她對姜士詮的心意很快被最親近的吳珣美察覺，對方有一天傳訊息探問，石渝安難為情的承認了，並拜託她務必對邱聖芯跟梁家純保密。

這天姜士詮不僅送珍奶給她，還祝她生日快樂，石渝安上一秒因葛葳而焦慮的心情一下子煙消雲散，被滿滿的幸福感包圍。

回家路上，還沉浸在喜悅裡的石渝安愉快哼著歌，遠遠看見前方巷口出現穿著綠色及卡其色制服的一對男女。

認出對方後，她驚喜大喊：「小泉姊，浩璘哥！」

那兩人回頭瞧見朝他們快樂奔去的女孩，臉上都揚起笑容。

巫浩璘率先開口：「渝安，好久不見。」

「真的好久不見，你怎麼會在這裡？要去小泉姊家玩嗎？」

「不是，我要去妳家。」

「我家？為什麼？」

「我有事找妳哥，白天我聯絡他，他到現在都不讀不回。後來我打去妳家問候，妳媽媽就直接邀請我們過來，所以我今天要和你們一起吃晚餐。」

「哇，好高興。我好久沒跟你聊天了！」

「瞧妳這反應，妳哥又欺負妳了對不對？我幫妳教訓他。」

「太好了，浩璘哥你一定要替我狠狠罵他，我哥最近真的很討人厭！」

巫浩璘是石丞光國中時期的摯友，聰明又溫柔，國中時經常到石家玩，不僅石渝安把他當第二個哥哥，石母也對他視如己出。

他跟同樣常來家裡的李湘泉認識後，兩人日久生情，在前年的聖誕節展開交往，感情始終甜蜜。

巫浩璘上高中後就搬了家，住得更遠，加上課業忙碌，來石家的次數減少許多，但他還是會跟石丞光一起出去讀書，也會抽空到家裡坐坐。

這天石丞光回來前，巫浩璘先在廚房跟石母聊一會，之後和石渝安及李湘泉一起坐在客廳。

「浩璘哥，你找哥有什麼事？」

「下週日我學校有校慶舞會，他喜歡的盧廣仲會來表演，我找他跟小泉一起參加。昨天小泉先邀他，那傢伙卻拒絕，所以我過來逼他點頭。」

「奇怪，之前盧廣仲開演唱會，哥還因為沒買到票在抱怨，現在可以去聽，他幹麼要拒絕？」石渝安不解。

「渝安，妳是說真的嗎？昨晚我問他，他說已經對盧廣仲沒興趣，居然騙我！」李湘泉當場用手機撥出電話，沒多久憤憤掛斷，「可惡，還是打不通。等那傢伙回來，他就完蛋了！」

「我真的覺得我哥好奇怪，有時會一整天聯繫不上。我曾懷疑他偷偷談戀愛，但後來覺得不太可能。」最後兩句石渝安說得小聲，不讓廚房的石母聽見。

「為什麼妳覺得不可能？」巫浩璘也跟著降低音量。

「有次我跟哥吵架，搶走他的手機，發現他的手機一個社群軟體都沒有。我想過他是為了專心讀書才故意不用，但還是覺得不可思議，怎麼會有不玩社群的高中生？這麼無聊的人，不可能有女朋友吧？哥有跟你聊過什麼嗎？」

「他一次也沒跟我聊過戀愛之類的話題，對異性無感的程度連我都大開眼界。上次我們國中同學聚會，聊到王若妃最新主演的電影，妳哥居然問她是誰，跟他說明之後，也是一副興致缺缺的樣子。誇張吧？」

「真的假的？王若妃長得那麼正，又那麼紅，光是走在路上就到處看得到她的廣告。我哥那麼愛看電影，怎麼會不曉得這個人物？他真的是個超級怪胎耶！」石渝安傻眼至極。

「妳哥偏好國外的片子，才沒特別關注國內的演員吧？而且說到社群，我記得他高一就開始不玩，應該不是為了讀書刻意不碰，我也不認為那點程度能影響到他……但不管怎樣，就這一點我認同妳說的，妳哥確實是怪胎。」巫浩璘撇撇嘴角。

「唉，從以前到現在，跟我哥親近的女生就只有小泉姊。再這麼下去，他的個性會不會越來越怪，最後找不到老婆？」

石渝安一本正經的提問，讓巫浩璘跟李湘泉笑得前俯後仰。聽見門口傳來石丞光開門的聲音，兩人同時噤聲，下一秒跑去躲起來，準備嚇他一跳。

背書包走進客廳的石丞光，看著獨自坐在沙發上的妹妹，涼涼開口：「忘記先把鞋子藏好的白痴情侶檔，再不出來，我就把你們的鞋子扔到樓下去！」

躲在客廳牆後的兩人發出爆笑聲，沒料到玄關的鞋子會害他們露餡。

看著他們三人嬉笑打鬧的模樣，石渝安不由得有些羨慕。

雖然她也有好朋友，但她更憧憬他們長年相伴的情誼，這份羈絆比普通朋友來得深刻，更難能可貴。

她曾經希望從小就親如姊姊的李湘泉可以跟石丞光交往，未來當真正的一家人，但在李湘泉選擇巫浩璘後，石渝安就斷了這個念頭，真心祝福他們，畢竟她也很喜歡巫浩璘，認為兩人十分相配。

當他們質問石丞光為何不讀訊息，石丞光拿出螢幕漆黑的手機，說昨晚忘記充電，今早到學校就沒電了。

「又想騙人！」李湘泉抓起沙發的抱枕砸過去。

「信不信隨妳。」石丞光動作俐落的接過抱枕，靠著椅背休息。

巫浩璘挑眉，「那你說對盧廣仲失去興趣，所以懶得參加我學校的舞會，又要怎麼解釋？渝安剛剛告訴我們，你之前才因為沒買到盧廣仲的演唱會門票很懊惱。」

石丞光一聽，立刻用眼神譴責妹妹多嘴。

石渝安非但不心虛，還對他吐吐舌，擺出幸災樂禍的鬼臉。

「我是真的沒了興趣。我想買票，是因為我同學說只要幫他搶到兩張，他就送我梅西的限量公仔。」他解釋。

「什麼爛理由？虧你想得出來！」李湘泉好氣又好笑。

「對你這個梅西迷來說，你的確可能會這麼做。」巫浩璘直接被說服。

「還是你懂。李湘泉，看到沒有？別老是疑神疑鬼，小心老得快。」石丞光吐槽。

當這對青梅竹馬開始鬥嘴，石母也煮好晚餐，喚他們吃飯。

餐桌上氣氛歡樂，有巫浩璘跟李湘泉在，石母就不會對兩個孩子發脾氣，讓石渝安心情愉快。

「你爸媽又出國了？這是他們今年第幾次出國玩？」石母意外的問巫浩璘。

「第五次，我真的已經無話可說。感覺他們連屁股都還沒坐熱，就急著跑出去，根本不顧家裡還有一個正處在水深火熱的考生。」

「這表示你爸媽感情好，也知道你很懂事，才會安心出遊。不像我家這兩個，讓我根本無法放心。」

「阿姨，其實我爸媽沒想那麼多，他們真的只是貪玩，我也希望他們能多關心我一點。上個月我重病躺在家裡，他們居然出門打麻將到深夜才回來。上次吃我媽煮的菜，也已經是兩週前的事。託他們的福，我學會做不少料理，隨時都能離家獨立生活了。」

他一邊揶揄父母，一邊望著桌上的豐盛佳餚，「說到料理，我今早看新聞，菜價又漲了。阿姨只要沒上班，晚上都會煮飯對吧？那妳的感受應該更強烈。」

「是啊。今天去菜市場，雞蛋、青菜及水果都漲了，買什麼貴什麼。日子越來越難過。」石母嘆氣。

跟巫浩璘認識久了，石渝安知道他和母親聊天時，會巧妙地將話題轉開，不讓母親把焦點放在他恩愛的父母，以及兩個孩子身上。畢竟巫浩璘知道石父目前不住在家裡，也知道石母愛對他們訓話，因此會適時伸出援手，靠他的舌粲蓮花讓石母心情好轉。

石丞光也會哄母親開心，卻沒有讓石母一秒由怒轉笑的神奇能力，而且大部分時候，他會選擇不吭聲，任由母親嘮叨到累了為止。因此就算母親疼巫浩璘，石渝安也不會吃醋，還會將對方視為救世主，巴不得他能夠搬進這個家，救救他們這對可憐的兄妹。

看著母親跟巫浩璘，以及一樣在聊天的石丞光跟李湘泉，石渝安突然靈光乍現，想通一件事。

用完晚餐，巫浩璘跟李湘泉再待半小時，就準備回家。石渝安以到超商買東西，順便送巫浩璘搭車為由，跟著一起出門。

李湘泉回家後，兩人繼續走到公車站，巫浩璘勸她：「渝安，妳回去吧，不必陪我等車。今天很冷，我擔心妳會感冒。」

「不會啦，我穿得很保暖。你們回去後，我媽一定又會開始嘮叨，所以我逃出來，讓我哥一個人被念就好！」

「聰明。」巫浩璘笑呵呵，「妳最近有跟叔叔見面嗎？」

「有一陣子沒見了，但這週六我要跟爸吃飯。」

「叔叔有沒有透露他大概何時會回家呢？」

「我也不知道。哥之前和爸吃幾次飯，他回來後都沒說什麼，所以我想爸可能還沒有這個打算吧？」她聳肩，把腳邊的小石子踢進水溝。

「是喔……那妳呢？最近過得怎樣？有沒有什麼煩惱？」

石渝安心頭一凜，立刻想到母親外遇的事。

她有多喜歡巫浩璘，就有多不希望讓對方知道這不堪的祕密，更不想讓他在準備大考的重要時刻，增加他的心理負擔。

於是她否認，「沒有。」

「那就好，有事隨時找我商量。如果功課有不懂的地方，但又不想問妳哥，就來問我。」

「好，謝謝浩璘哥。」儘管確定自己不會向對方坦承，有他這句話，石渝安仍感到安心不少，「對了，結果我哥有答應參加舞會嗎？」

「沒有。就算對盧廣仲沒了興趣，那天過去玩玩也好，不曉得他到底在固執什麼？」巫浩璘無奈的嘆氣。

石渝安遲疑地開口：「浩璘哥，我想跟你說一件事，你別覺得有負擔。不要告訴小泉姊，更別告訴我哥。」

「好。」

「我懷疑我哥不想去舞會，跟盧賡仲無關，原因在於你的學校。」對上他意外的眼神，她認真解釋，「因為我媽至今都還會為哥沒能跟你進同一所高中耿耿於懷，最近甚至又開始強調不能再發生會考那時的意外，嚴加控管哥的飲食。連爸帶他去哪裡吃飯都要問清楚，就怕他又吃到不乾淨的東西，簡直走火入魔了……我哥應該沒跟你透露吧？」

「沒有，那妳哥有什麼反應？」

「沒什麼反應啊，哥一直很順從媽，我都快受不了，他卻比我更無所謂。剛才吃飯時我就突然想到，哥會不會是因為媽頻頻翻舊帳，導致對你的學校也沒什麼好印象？畢竟我記得你去年跟前年找他參加舞會，他也都沒答應。如果是我，一直被我媽那樣反覆責怪，鐵定會發瘋的！」

「嗯，聽起來有道理。」巫浩璘若有所思，之後對她莞爾一笑，「謝謝妳告訴我，要不要我也跟妳說一個關於妳哥的祕密，作為回報？」

她眼睛發亮，「好呀，什麼祕密？」

「其實我認為，妳哥是為了從我的學校落榜，才在會考中出事。」

聽完這句話，她呆住了，嘴巴微微張開。

「你是說……我哥他為了落榜，故意在會考當天吃下已經壞掉的食物？」

「嗯。」

「怎、怎麼會？我記得哥那天再怎樣不舒服，還是努力撐到結束，一踏出考場就送進醫院了。他怎麼可能會故意讓自己食物中毒？又為什麼要這麼做？難道你認為哥不想跟你上同一間學校，才會做出這種事？」她難以置信。

「我倒是不會這麼想，可能我內心深處相信另有原因吧，畢竟我對妳哥也有一定程度的了解。話雖如此，我也無法明確回答妳，他當年為何要那麼做。」

巫浩璘將食指貼在嘴唇上，微笑對她說：「因為湉安妳肯對我坦白，所以我也決定對妳坦白，希望妳能把這件事當作我們之間的祕密。還有，如果妳哥有什麼狀況，請妳一定要通知我，畢竟我會擔心他。可以嗎？」

石渝安愣愣的答應了。

回家後，她在房裡寫作業，手機跳出父親的訊息。

「安安，妳週六想吃什麼？爸爸先訂位。」

回傳「麻辣火鍋」這四字給父親，她放下手機，思緒飄回巫浩璘說的那番話上。

國中時期的石丞光跟巫浩璘成績優異，穩落校排前三名，大家都相信他們會考上同一所明星高中。然而會考的第二天，石丞光考完第一科，肚子就傳出劇痛，他沒跟監考員反應，而是咬牙忍耐。考試結束後，他一出考場就嘔吐，並昏厥過去，被緊急送去醫院。事後向父母坦承，那天早上他食欲特別旺盛，前往考場的途中買了各式各樣的早餐，卻疑似買到不新鮮的食物。

當時石丞光躺在醫院的淒慘模樣，石渝安印象深刻，而她更沒想到，那件事故會變成石丞光往後的噩夢。

沒能以最佳狀態應考，石丞光從第一志願落榜，石母受到不小打擊，從此嚴格把關他的飲食，不僅每天親自準備早餐，更嚴禁他隨便外食，並不時重提往事，要他提高警覺。石丞光彷彿也想彌補母親，對她的控制逆來順受，不曾為這件事與她起衝突。

石渝安一直以為哥哥是對母親有愧，才甘願忍受對方的高壓控制，因此聽到巫浩璘的說法，她簡直難以相信。

事實真會是巫浩璘說的那樣嗎……

「石渝安，換妳洗澡！」

石丞光在門外大喊，手重重打在門板上，嚇得她差點跌落椅子。

她氣得開門痛罵：「幹麼那麼大聲？我差點被你嚇死！」

「太好了，我就是想嚇死妳。」他伸手猛捏她的臉頰肉，皮笑肉不笑，「妳膽子不小，居然在那兩人面前出賣我，又對我那麼不尊重，簡直不把我這個哥哥放在眼裡。」

「石丞光，很痛耶！」石渝安哇哇叫，躲開他的攻擊，回嗆：「你活該，我又沒義務幫你隱瞞，是說謊騙他們的你不對。敢騙就不要怕被拆穿呀！」

「既然妳這麼說，那妳藏在床底下的ＢＬ漫畫跟小說，我也沒義務替妳隱瞞了吧？媽——」

石渝安摀住他叫人的嘴，驚恐哀求，「不要說出去，我會被媽罵死，書也會被她丟掉！」

「那妳以後還要隨便拆我的臺嗎？」

「不會了啦。」

「這才乖。」石丞光笑咪咪摸她的頭，滿意地回到房間。

不甘心又栽在對方手上，石渝安氣得詛咒他隔天在學校拉肚子，在廁所蹲到放學，將方才思考的事拋到腦後，準備去洗澡。

十點半，準備就寢的她滑手機，發現葛葳在半小時前發布一張從車內拍出去的落日街景照，畫面模糊，看得出是刻意營造出朦朧的美感。

欣賞完美麗的照片，她讀起照片下的文字。

「愛得我一個人寂寞的像一個傷口。」

今天坐爸爸的車，聽到他放年輕時愛聽的歌曲。我不知道王傑，先前也沒聽過王傑的歌，但覺得這一句歌詞寫得很好。

有誰也寂寞到覺得自己變成一個傷口了嗎？

原來這張照片是葛葳在她父親的車上拍的。

在發現母親跟葛父的祕密前，石渝安會在葛葳的每則貼文按愛心，這次卻因為強烈的心虛，遲遲無法這麼做。

葛葳接連分享與父親有關的內容，讓她感覺不太對勁，忍不住胡思亂想，敏感到覺得對方寫下的每一個字，都像是在意有所指。

因不安而紊亂的心跳讓她口乾舌燥，去廚房倒水喝，發現母親正在洗澡，而手機就放在旁邊的置物架上。

看著那支手機，石渝安動起一個十分危險的念頭。

她曾在不經意間瞥見母親解鎖手機螢幕時按下的號碼，是過世的外公的生日，但即使知道了，她也不曾有過窺看母親手機的念頭。

直到現在。

石渝安陷入天人交戰，面臨有生以來最困難的抉擇。

她不想面對，卻清楚錯過這一次，以後也許就沒有確認真相的機會。說服自己後，她拿起母親的手機輸入密碼，成功解鎖，迅速在LINE的聊天名單中找到極可能就是葛葳父親的名字——葛鎮宇。

葛鎮宇沒有放大頭照，他傳給石母的三條新訊息，最後顯示的是貼圖，石渝安無法直接窺看前面的內容，一旦她點進去顯示已讀，石母就會知道有人窺看過她的手機。

該怎麼辦？只能在這裡收手嗎？

發現浴室裡的水聲已經停止，石渝安嚇得跳出LINE，手指自動滑到下一個頁面，赫然看見再熟悉不過的軟體。石母居然有下載IG。意外的她動手點進去看，石母真的有辦一個帳號，貼文數跟粉絲數是零，有一個追蹤帳號。

看見母親唯一追蹤的帳號，石渝安感覺渾身血液凍結。

石母追蹤的對象是葛葳。

# PART 2

晚間六點，葛葳走進公寓大樓，回到五樓的住處。

門內傳來一群年輕男孩的笑聲，她拿著鑰匙的手一滯，隨後輕輕開門，看見玄關擺著六雙陌生的男性運動鞋。

她嘖了一聲，果斷離開公寓，拿出手機撥一通電話，半小時之後走進市區巷弄間的小型日式餐館。這間餐館位於商業區，顧客大都是上班族，加上是高價位餐廳，幾乎不會有像她這樣的高中生光顧。

在料理檯前忙碌的餐館老闆，是不苟言笑的中年男子，身為常客的葛葳也鮮少與他交談，大都是向對方點頭致意，而老闆娘親切健談，看見葛葳被冷風吹得紅通通的臉頰，立刻過來幫她帶位。

「大老遠過來辛苦了，外面很冷吧？今天也吃三號定食嗎？幫妳加一碗熱甜湯如何？我招待。」老闆娘溫柔地說。

「好，謝謝。」葛葳莞爾。

在餐館內唯一的單人座入座，葛葳動手拉下用來保護客人隱私的深色百摺簾，靠著椅背吁了一口氣。聽見老闆娘對後面進來的客人表示目前客滿，需要等候一段時間，她深深慶幸有先打電話預定位子。

餐點上桌前，她先用手機瀏覽IG，發現私訊匣的新訊息增加不少，點進去隨意看看。

「葛葳姊姊，我是一個六年級女生，我很崇拜妳。妳真的好漂亮，要怎麼樣才可以像妳一樣呢？還有，妳上次在限動分享的仙人掌好可愛，我也想要，要在哪裡才買得到？」

「葛葳，我的男友有在追蹤妳，還在妳的每一篇貼文都點愛心，這讓我很不高興，我跟他還因此吵架，可不可以請妳封鎖他？」

「葛葳，我跟妳一樣都是高一生，我很欣賞妳，在妳有知名度以前，我就在關注妳了。我一直把妳當成我的精神指標，認為妳是個有腦袋的女生，跟其他做作的花瓶網紅不同。可是，妳之前在某篇貼文中，說妳覺得《××》這部電影很棒，讓我很錯愕，我覺得那是今年最爛的一部電影，妳難道不認為那部片子的呈現手法很噁心，內容也很膚淺，毫無深度嗎？妳是因為被電影公司邀請去看，才寫出那些好聽話嗎？我真的覺得很失望，難過到現在，我以為妳和我意氣相投，是個有品味的人……」

「神經病。」

碎念一句後，葛葳繼續讀下一則，螢幕卻跳出母親的訊息。

「妳什麼時候到家？」

思及家裡玄關的那些陌生鞋子，葛葳就知道這句問話並不是出於擔心。

「不知道。我跟同學有事，會在外面吃。手機快沒電，不回了。」訊息送出，她將手機設成勿擾，不管母親後面回什麼，都沒打算看。

熱騰騰的餐點上桌，她戴上耳機用餐，享受不被任何人打擾的清淨時光。

飯後到附近書店買了兩本小說，葛葳返家時已經快八點，並在一樓電梯前遇到加班回來的父親，父女倆開開心心地回到住處。

發現玄關的礙眼鞋子消失了，葛葳心情輕鬆地走進去，看見小她兩歲的弟弟葛意均坐在客廳。

抱著黑色博美犬的葛意均，兩眼怒視著葛葳，正要對她開口，卻在看見父親後硬生生把話嚥回去，臭著臉看電視。

父子倆在客廳吃水果，葛葳去廚房倒水喝，葛母板著面孔到她身邊。

「妳今天晚回來，不會事先講嗎？」

「我之前也不會事先講啊，妳跟爸平時又沒那麼早下班，所以我偶爾會跟同學吃飯，最晚八點到家，妳不是有允許？」葛葳故作困惑。

「今天妳弟的同學到家裡玩，他們想見妳，妳知不知道他們等妳多久？」

「我怎麼會知道？」

「我傳訊息給妳，叫妳早點回家，妳都沒讀！」

「我不是說手機快沒電，所以不回了？我回妳訊息不久，手機就自動關機，我要怎麼看？」

葛母被懟得無言以對，當場嘆一口氣，眼裡透露出疲憊和厭倦。

「算了，我今天很累，不想再跟妳爭辯。反正妳對我都是這種態度，在妳爸面前就很乖巧，心也只向著他。」

「我向著爸很正常吧？因為爸對我很好，也會保護我。」

「什麼意思？難道我對妳不好？我沒有保護妳嗎？」

葛葳停下喝水的動作，認真問她：「有嗎？妳是指哪一次？」

葛母面容僵硬，動手賞她一巴掌。

那一掌不用力，聲音也不大，被電視節目的罐頭笑聲蓋過，沒人察覺到廚房裡發生的事。

被打得不動的葛葳，仰頭將水一飲而盡，洗好杯子後放在瀝水架上。

「真好笑，妳想不出來就打我。」冷冷落下這句話，葛葳就越過母親，前往浴室洗澡。

站在浴室裡，葛葳動也不動，讓蓮蓬頭裡灑出的冷水浸濕全身。

她緊閉雙眼，攥緊拳頭，指甲深深陷入肉裡，身體用力發著抖。只有感受刺進骨髓的冰冷，腦袋才得以回歸空白，什麼情緒都感覺不到，也什麼都不必思考。

嘗過一次這種滋味，她就再也戒不掉了。

＊＊＊

在週六的晨光中醒來，看見牆上的鐘顯示十一點半，葛葳還以為自己眼花。

感覺到喉嚨緊繃，腦袋昏沉，伸手摸到額上的熱度，她便知道不妙。

拿起枕邊的手機時，門外傳來一陣嬉笑聲，她起身走到門邊聽，葛意均跟他的一群朋友居然就在客廳，這次還有女生。

「你姊到底什麼時候出來？不會又見不到吧？」

「她睡飽就會出來了啦。我媽說她訂了披薩給我們吃，等等就到，你們可以邊吃邊等。」

聽見葛意均跟同學的對話，葛葳看一眼手上的手機，這才發現母親有留言給她。

「我跟妳爸有事出去，晚飯前回家。意均的同學十點多會來家裡玩，妳幫忙招待他們，跟他們聊聊天。知道嗎？」

葛葳笑了出來，心裡卻是怒不可遏。

十分鐘後，她戴著毛帽跟口罩走出房間，以極低調的姿態出現在那群國中生面前。

「嗨，你們好。我有點感冒，要出門看病，你們在這裡好好玩。拜拜！」對眼前八名男孩女孩親切說完，葛葳頭也不回走出家門，完全不給他們反應的餘地。

到附近的診所看病，吃過藥後感覺好一點，葛葳決定去看電影。

進影廳前的時間，她吃著一份熱狗堡、一根吉拿棒，跟一杯紅茶作為早午餐，注意到附近有兩名看似與她同齡的女孩正在看她的ＩＧ，談論她的事。

「我想買的就是葛葳穿的這條白色長褲，妳不覺得很好看嗎？」

「那是因為葛葳的腿很長，才顯得好看吧。」

「也對，葛葳有多高啊？」

「聽說有167。我表姊跟葛葳同校，她說葛葳本人比照片漂亮，皮膚也超級好！」

「好羨慕妳表姊，我也想看葛葳本人有多美。像她這種女生，應該每天都光鮮亮麗，過著眾星拱月的生活吧？」

默默聆聽的葛葳，一邊嚼著吉拿棒，一邊好笑地想，要是她們知道此刻在這裡的她牙沒刷、臉沒洗，眼睛還沾著眼屎，感冒了也不能在家安心休息，只能躲進電影院裡打發時間，不曉得會不會開始同情她？

葛葳看完電影後已是下午三點，發現手機裡有父母的來電跟訊息，立刻猜到葛意均已經跟他們告狀。

果不其然，葛母傳一堆責罵她的話，葛父則問她有沒有去看醫生，要她別在外頭逗留，趕快回家休息。

葛葳回訊息給父親，並料到今天將迎來一場風暴。

到家時，那群惱人的國中生已經消失，葛父跟葛母還未回來。葛意均聽見有人回來的聲音，從房間裡走出，發現是葛葳，怒氣沖沖地衝到她面前。

「喂，誰准妳早上就那樣走掉？我同學都在等妳。妳真的很可惡！」

「那又怎樣？我不是說我感冒，要去看醫生？難道你希望我傳染給他們？而且我有義務招呼你的同學嗎？」

男孩被她冷漠的態度激怒，當場飆出一串髒話：「妳這個臭婊子！幹你娘雞掰，不要臉的破麻！」

葛葳愣住，看他的眼神充滿嫌惡與輕蔑。

「這就是你的水準？果然物以類聚，你跟你那群朋友都不是什麼好東西。你有種再罵一次，看我會不會把你罵我的那些話，一字不漏告訴爸！」

男孩瑟縮，不甘示弱地恫嚇：「我已經告訴媽了，她很生氣，一定會修理妳！」

「你以為我會怕嗎？趁這個機會警告你，再讓那些同學來打擾我，我絕不饒你。你的同學喜歡我，不代表可以侵犯我的隱私，你最好明白基本的尊重！」

「為什麼不可以？妳在網路上給別人追蹤，不就是想讓大家看？明明自己也想紅，幹麼還裝模作樣啊？真好笑！」他嗤之以鼻。

葛葳不再浪費口舌與他爭辯，冷冷告訴他：「我知道你學校有一個綽號叫米米的女生，你同學跟我說你喜歡她。米米有追蹤我的ＩＧ，還常留言給我，想必挺喜歡我的。要不要我告訴她，你都用什麼髒話問候我？順便再讓她知道你暑假時惡作劇，亂刮別人的車，被車主扭送警局，上個月又跟同學互傳Ａ片，被老師抓到，被爸狠狠教訓。我看過米米ＩＧ的照片，感覺她很乖巧又有教養，應該無法接受你這些低級行為，會徹底瞧不起你吧？」

葛意均囂張的氣焰全消，驚慌大叫：「妳敢！」

「你再對我不客氣，就會知道我敢不敢。不想在暗戀的女生面前丟臉，今後不許再招惹我，聽見沒有？」

撂完狠話，她丟下快哭出來的弟弟，大步走回房間。

如她所料，在葛意均之後，更大的衝突緊接而來。

當葛母沒敲門就闖進葛葳房間，直接給她一個耳光，葛葳就知道父親還沒回來。再怎麼生氣，葛母也絕不會在疼愛女兒的丈夫面前對她動手。

「妳現在是怎麼樣？我聯絡妳那麼多次，妳卻只回妳爸的訊息。意均還說妳放話威脅他，要將他做過的事告訴別人。妳是流氓嗎？」

「我是好心提醒他，他要當成是威脅，我也沒辦法。」

「妳為什麼要這樣？白天又為什麼直接出門？我不是叫妳招待弟弟的同學？」

「意均不是告訴你們了？我感、冒、不、舒、服，所以出去看病。」葛葳一字一句強調，拿起在診所領的藥袋，在母親眼前晃晃。

葛母咬牙，「妳是故意的吧？就那麼喜歡跟我唱反調？他們苦苦等妳，妳就那樣把他們丟下，真的非常沒禮貌。到底懂不懂尊重妳弟？」

「那他有尊重我嗎？擅自把同學帶來家裡，說要見我就見我，把我當什麼？妳難道不知道我最厭惡這種事？憑什麼意均可以想怎樣就怎樣？」

「他們也是喜歡妳啊，妳就當作是為了妳弟，跟他們互動一下會怎樣？一定要這樣子計較，讓妳弟丟臉嗎？」

「照妳的說法，只要能顧你們的面子，我的想法就不重要。不管我願不願意，舒不舒服，都要配合你們，生病也要出來跟客人陪笑，那我跟酒家女有什麼不同？」

葛母面色鐵青，大吼：「葛葳，妳到底在說什麼？」

「我有說錯嗎？葛意均現在就是這麼看我的。他今天罵我什麼妳知道嗎？他說我是『臭婊子』、『不要臉的破麻』。就因為我在網路上有知名度，就可以沒有隱私跟尊嚴，讓他為所欲為的冒犯跟羞辱嗎？妳不管教他就算了，還慣著他，怪我讓他丟臉！」

葛葳眼底一片怒火，口氣冰冷，「這就是我向著爸的原因。從得知我生病到現在，只有爸關心我，妳有嗎？妳只想到寶貝兒子受委屈，不分青紅皂白就罵我一頓，還動手打我。妳這樣叫做對我好？會保護我？別笑死人了！」

葛葳沒穿外套就離開家裡，搭上捷運前往市區。

走在人來人往的街道，她在一間咖啡館前遇到認識的人。

「葛葳？」

這名衣冠楚楚的中年男子，驚訝打量她單薄的穿著，「妳怎麼穿得這麼少？今天很冷，這樣會感冒！」

見葛葳毫無反應，男人與同行的人交談。對方離開後，他開口邀請葛葳，「妳吃過了嗎？如果還沒吃，要不要跟坤成叔叔去吃飯？我請客。」

望著男人無害的笑容，葛葳最後說：「好啊。」

楊坤成帶她到一間鐵板燒餐廳。

看到葛葳一口氣將飯菜塞進嘴裡，他柔聲勸：「葛葳，妳別吃太急，不然容易消化不良。」

她沒聽進去，繼續大快朵頤，口齒不清地問：「坤成叔叔週末沒陪家人？」

「我今天加班，跟客戶談完事就遇到妳了。」

「那你是知道我喜歡吃鐵板燒，才帶我來的嗎？」

「是呀。」

「你為什麼會知道？」

「妳媽媽跟我說的啊。我們每天都會碰面，她常跟我聊妳和意均的事。叔叔已經一年多沒看到妳，妳長大不少，變得更漂亮了。」

「真的嗎？」

「真的，我也很久沒見到妳爸爸了。他好嗎？」

「你好奇的話，何不親自問他？」

「妳爸爸那麼忙，未必肯理我啊。」他用開玩笑的口吻回。

「怎麼會？你們交情那麼好，以前爸還常跟我分享你們大學時的事呢。不過說也奇怪，現在他完全不會跟我提了。」

這次沒等男人回話，葛葳繼續說：「我也很久沒見到叔叔的女兒了，喬喬她好嗎？上四年級了吧？」

「是啊，喬喬上個月過十歲生日，想邀妳來參加慶生會，可惜妳媽媽說妳有事，不方便出席。喬喬現在常看著妳的照片，說長大要變得像妳一樣。」

「最好不要，像我一點都不好。」

「怎麼會呢？能長得像妳一樣漂亮，是很多女孩的夢想。」

「但也容易遇到危險的事呀。」

「危險的事？」

「是啊，被人妒忌中傷，都還算是小事，最可怕的就是碰上會猥褻小女孩的人。叔叔你以前對我這麼做的時候，我剛好就是十歲，所以很清楚這個年紀的女孩有多麼沒防備心。建議叔叔從現在起保護好喬喬，教她如何防備心術不正的大人，尤其越親近的對象越是要注意，別遇上跟我一樣的事。」

葛葳一說完，周遭的空氣彷彿也凝結。鄰座的兩對情侶忍不住朝他們投以異樣眼光，連原本專心製作料理的廚師也愣住了。

吃飽的葛葳拿起紙巾擦嘴，轉頭看向面容僵硬的楊坤成，嫣然一笑，「謝謝坤成叔叔請我吃飯，我回去了，幫我向喬喬還有晴容阿姨問好。」

一出餐廳，葛葳頭也不回地朝街頭大步行走。

轉進下一條街巷，她整個人靠在牆邊，心臟彷彿要衝破胸口，喉嚨乾如火燒，湧上的熱淚刺痛她的眼眶。

她說出來了。

終於讓這個男人知道她對他的恨意有多深。

情緒逐漸平復後，葛父也捎來電話，要她立刻回家。收拾好心情，葛葳打起精神，踏上回家的路。

陣陣菜香從廚房飄來，葛母正在煮飯，葛父則在客廳。葛父為她感冒還跑出去訓了她幾句，催她去洗澡，讓身子暖和起來。

進浴室時，葛意均正好從洗手間走出。他兩眼紅腫，像剛哭過，瞪了葛葳一眼後就直接走掉。她猜想，弟弟八成又做出惹惱父親的事，剛才被狠狠責罵。

洗完澡後，葛葳到廚房裝水喝。葛母看她一眼，主動打破僵局，「晚餐煮好了，去吃吧。」

「我已經吃過了。」

「妳吃過了？」

「對，我在外面遇到坤成叔叔，他請我吃鐵板燒，所以我現在肚子很飽，吃過藥後就去休息了。」

不去看母親臉上的意外表情，她端著水杯走出廚房，告訴父親沒有食欲，想回房睡覺，沒有告訴他遇見楊坤成的事。

睡到隔天下午一點醒來，葛葳感覺神清氣爽，燒也退了。

一出房間，葛意均的愛犬——將軍，就來到她腳邊打轉，她才發現客廳空盪盪，沒有其他人在家。

拿零食餵將軍時，葛葳也覺得餓了，想起那間日式餐館的料理。料到這個時間應該客滿，她還是決定打過去碰碰運氣。電話一接通，葛葳客氣詢問：「妳好，我是葛葳，請問店裡現在還有位子嗎？」

「葛葳嗎？有的，會幫妳保留座位，妳隨時可以過來喔！」

接電話的人不是老闆娘，而是沒聽過的年輕女生，葛葳有些疑惑，謝過對方後，她簡單整理一下儀容就出門。

抵達餐館，像是大學生的短髮女子前來迎接。對方笑容可掬，看起來開朗活潑，剛才接電話的女生就是她。

女子領著她到店裡的最後一張空位，也是葛葳常坐的單人座。

點好餐後，葛葳問她：「老闆娘不在嗎？」

「她這幾天有事，請我來幫忙，老闆娘是我媽的朋友，我們認識很久了。我叫宣宣，大二生。」葛葳沒問，她就熱情地自我介紹，雙眼灼灼地打量著她，讚嘆道：「我看過妳的ＩＧ，沒想到妳是這裡的常客。妳比我想像的高，本人更瘦更白，臉蛋也好小，難怪這麼受歡迎！」

「謝謝。」葛葳皮笑肉不笑。

在這裡光顧多次，這是葛葳第一次無法盡情享受料理。她隔著簾幕都能感受到宣宣在外面觀察自己的熱烈視線，完全無法放鬆心情，面對喜歡的食物，她也感到難以下嚥。

結帳時，宣宣對她提出請求：「葛葳，我可不可以跟妳照張相？我朋友的妹妹很喜歡妳，我想給她看看，讓她羨慕。」

「但我現在很邋遢。」她委婉拒絕。

「不會啦，妳就算素顏也還是很漂亮。跟我拍一張就好，拜託嘛！」

由於常受到老闆跟老闆娘的關照，葛葳無法強硬拒絕，讓場面難看，只好勉為其難答應，「那請妳別把照片分享到網路，我不太想讓人知道我常來這裡。」

宣宣爽快同意，兩人到門口拍照，沒有將餐館拍進去。

拍好後，葛葳問：「老闆娘大概何時回來？」

「三天後。」

「好，謝謝。」

葛葳說完就走，決定三天內都不再踏進這裡。

＊＊＊

中午跟同學吃飯，葛葳收到母親的訊息，表示今晚想跟她出去吃飯，放學會過來接她。這讓葛葳感到有些意外，因為她跟母親已經很久沒有一起出門了。

葛母的車準時出現在校門口，兩人來到一間裝潢典雅的高級牛排館。

「葳葳，對不起。」

餐桌上，葛母主動對她道歉：「前天是媽媽不對，我不該不關心妳的病情，也不該強迫妳做不喜歡的事。意均對妳不禮貌，當天我就狠狠罵了他，不會再讓他把同學帶來家裡，所以妳別跟他計較了。好不好？」

想起葛意均之前哭腫的眼睛，葛葳意外地問：「不是爸罵意均的嗎？」

「我沒有告訴妳爸，意均不久前才在學校闖禍，再讓他知道這件事，一定不會輕易饒過意均。是媽把弟弟寵壞了，我沒想到他會對妳不尊重到這個地步，得知他那樣罵妳，我也很生氣，要他絕不許再那樣說妳，意均已經承諾不會再犯。」

葛母柔聲對她保證，「媽媽以後不會再不聽妳解釋就隨便打妳，會好好反省，再給媽媽一次機會。好不好？」

葛葳抿唇，最後慢慢頷首。

「真的？」

「嗯。」

葛母欣慰一笑，接著低語：「那葳葳，妳能不能回答媽一個問題？」

「什麼問題？」

「前天坤成叔叔不是請妳吃飯？今天他跟我說這件事，還告訴我妳在餐廳裡對他說的話……」她的目光牢牢聚焦在她臉上，「妳為什麼要對坤成叔叔那麼說？妳不是早就和媽媽說好，不再提這件事了嗎？」

葛葳拿著餐具的雙手一頓，思緒停滯。

原來是這麼回事。

弟弟的事只是安撫她的幌子，這天母親專程約她吃飯，主要是為了這件事，而非真的關心她的感受。

「為什麼不能提？」葛葳冷笑，「我對他說的話，有哪裡不正確嗎？」

「妳在大庭廣眾下說出那種話，難道不是想令他難堪？為什麼要這樣？妳不是已經答應會原諒叔叔？」

「我什麼時候答應了？明明是妳逼我原諒的吧？」巨大的失望和悲傷交織成一團怒火，將葛葳的世界淪為火海，渾身血液都在沸騰。她咬牙切齒道：「那個男人對我做的骯髒事，我沒有一刻忘記過。當年我還小，很多事無法理解，自然只能傻傻聽妳的話，長大以後才知道，原來我媽媽得知女兒遭到熟人猥褻，竟不是選擇保護我，而是直接忽略我的感受，還打算繼續把我推入火坑！」

「什麼推入火坑？妳在胡說什麼？」葛母震驚。

「不然妳告訴我啊，為什麼妳知道他對我做的事以後，竟是叫我原諒他，今後再也別提起？還頻頻製造我們見面的機會，讓他繼續出現在我眼前，妳覺得我有辦法不這麼想嗎？」

葛母呆住，漸漸露出恍然大悟的表情。

「葳葳，妳是因為氣我，才變得經常頂撞我，又動不動說話帶刺嗎？」

「我也不想這樣，我寧可永遠都別長大，繼續被妳哄騙下去，就不會知道我的媽媽原來是這麼殘酷的人。比起坤成叔叔做的事，妳對我造成的傷害更重，妳不知道吧？」

葛母眼圈發紅，眼神看起來相當悲傷。

「對不起，葳葳……」她語氣透出一絲失措，「當年妳跟我說這件事，媽媽當然很生氣，馬上就去找他問清楚。但坤成叔叔發誓這都是誤會，他真的沒那個意思。那天他剛好喝了點酒，意識不清，才會不小心犯錯。他心裡非常後悔，更對害妳受到這麼大的驚嚇感到萬分歉疚。叔叔他真的已經深深反省過了，所以……」

「妳就原諒他了？都沒想過今後面對那樣傷害我的人，我會有多害怕？以為只要一句原諒，我就真能當作什麼都沒發生過？妳倒不如直接告訴我，我的痛苦對妳而言就是沒那麼重要，所以妳寧可讓我繼續忍受這種折磨，也不肯跟那個男人一刀兩斷，讓他從我的世界徹底消失！」

「葳葳，拜託妳別這樣說，妳對我當然很重要。但事情沒有妳想的這麼簡單，媽媽的情況很複雜，沒那麼容易就能做到……」

「爸跟坤成叔叔過去是情同兄弟的至交，但他就做得到。」

葛母再度震驚，「這是什麼意思？莫非妳爸知道？妳告訴他了？」

「沒有，只是在我小學六年級時，因為妳不斷逼我參加我們兩家辦的聚會，有次我受不了，就在爸爸面前哭了出來。我沒說發生什麼事，只告訴他我不想再參加聚會，不想再見到坤成叔叔，爸就答應我了；我上國中後，爸爸也不再參與聚會，讓妳跟意均兩人去。據我所知，爸已經很久沒有主動跟坤成叔叔聯繫，我相信他一定也早就發現坤成叔叔不是什麼正人君子，才決定遠離他，更不曾再對我提及他。」

當葛母從驚愕中回神，看著葛葳的眼神出現其他的情緒。

「所以妳才那麼向著妳爸，哪怕知道他做了什麼，仍選擇袒護他，站在他那邊？」

「妳指什麼？」

「妳爸外面有女人。」葛母的聲音有些不穩，「妳知道對吧？甚至對方的身分妳也曉得。因為妳氣我，想報復我，就幫著妳爸隱瞞我。是不是這樣？」

葛葳靜靜看著母親受傷的神情，最後撒了一個謊。

「我確實也曾懷疑爸出軌，但我沒問他，更不清楚對方的身分。難道妳真的認為，爸會主動把這種祕密告訴我，還要求我一起保密嗎？」

母親沒有回應，眼神半信半疑。

葛葳問：「妳會難過嗎？我以為就算爸真的外遇，妳也不會在意。」

「妳胡說什麼？他是我丈夫，我怎麼可能不在意？」

「因為我一直以為你們各玩各的啊。我國一時就知道妳和坤成叔叔偷偷在交往，也不只一次看見你們私底下的親密互動。」

看著葛母瞬間失去血色的臉，葛葳慢條斯理拿起水杯喝一口水，平靜地說：「放心吧，這件事我也沒告訴爸。但我不確定他會疏遠坤成叔叔，是否跟這件事有關。正因為早就知道妳跟坤成叔叔的關係，我其實能理解妳為何選擇原諒他，還繼續在他的公司上班。妳一定是非常喜歡坤成叔叔，所以捨不得離開他吧？那我會認為妳已經不在意爸，更不介意他是否移情別戀，也是很正常的事。不是嗎？」

回不出話的葛母，將臉埋入手心，不敢再直視女兒的眼睛。

「葳葳，媽媽……」她努力擠出一句澄清，「媽媽跟坤成叔叔很早以前就已經結束了，我們現在只是單純的朋友，沒有其他關係。妳相信媽媽好不好？」

「這樣喔？那我可能還要再問媽一個問題，才能決定要不要相信。」

「什麼問題？」

「妳剛才說，妳當年也對坤成叔叔的行為感到很生氣。但妳是氣他傷害了我，還是氣他居然背叛妳，碰其他的女人？」

葛母倒抽一口氣，難以置信道：「葳葳，妳怎麼可以這樣問媽媽？」

「因為我國二發生『那件事』的時候，妳問我的某句話，讓我一直深深記到現在。」她的眼睛眨也不眨，看著母親說起一段往事，「當年，妳看到曹辛平老師堅稱我誣陷他，唯獨不肯承認他對我性騷擾，妳就不只一次問我，是不是為了幫朋友出氣，我才會舉發他？這表示妳並沒有相信我的話吧？妳當時是不是很希望我在說謊？」

葛母懵住，「妳在說什麼？我怎麼會希望……」

「因為如果我說了謊，妳就能合理懷疑我從前對坤成叔叔的指控也是謊言。若妳真心愛著坤成叔叔，或許會相信他的話，並懷疑是我在自導自演，不願意接受他確實做出對不起妳的事情。」

「葳葳，妳怎麼能把媽媽想得這麼可怕？」葛母全身發抖。

「那妳又怎麼能接受坤成叔叔的話呢？若我說的不是事實，就請媽告訴我，他到底是怎麼說服妳，讓妳相信那真的是一場誤會？這樣我才能相信我媽不是一個會為了愛情犧牲掉女兒的人。不是嗎？」

葛母在她的注視下緊緊闔眼，艱難地緩慢開口。

「坤成叔叔說，他在酒醉的狀態下，不小心把妳誤認是我。他是真的無意傷害妳，我相信……」葛葳噗哧一聲，引來她愕然的眼光，「妳笑什麼？」

「我不是因為高興而笑，而是覺得太可悲才會笑出來。」葛葳收起笑意，眼神一片冰冷，「我明明就長得比較像爸，而且我那時甚至還是小孩子。坤成叔叔再怎麼醉，把我認成是妳這種事，妳真的覺得有可能？媽，妳若不是為愛變得盲目，就是還在自欺欺人。會讓妳睜眼說瞎話的男人，真的值得妳去喜歡嗎？」

「葳葳，不要說了。」

「我是為媽好才決定告訴妳實話。妳相信坤成叔叔那時候把我當成妳，可實際上，當時他是一邊摟抱著我，一邊叫我的名字好幾次，還說我非常可愛，遺傳爸爸所有的優點呢。」

「我叫妳別說了！」承受不了女兒的冷言冷語，葛母拍桌大吼，引來其他客人的側目。

失去冷靜的葛母，含著淚水對她咆哮：「妳到底希望我怎麼樣？妳明知道我付出多少心血，工作才終於步入軌道，也有很多事還需要坤成叔叔的協助。非要我跟他一刀兩斷，再也不見他，妳才肯相信媽媽是真的愛妳，比誰都在乎妳？非要做到這樣妳才肯滿意？」

葛葳不發一語。

最後的希冀化為死灰的這一刻，她認清一切都是徒勞。

她的母親永遠不會明白她最在乎的是什麼。

「好啊。」她淡淡開口，「媽想怎麼做，就怎麼做吧，我不會再逼妳了。可是我要明白告訴妳，這輩子我都不可能原諒坤成叔叔，請妳別妄想我們能回到過去的關係，更別再試探我的底線。否則，我說不定會因為崩潰，做出比在眾人面前公開他獸行更嚴重的事。妳不會希望晴容阿姨跟喬喬知道真相吧？」

葛母看著冷若冰霜的女兒，垂手撐著額頭不動，不再回應。

從此以後，每當葛葳放學晚歸，不回應母親的訊息，葛母都不會再責備她。

母女倆交談的次數，以及眼神交會的頻率，比過去少了更多。

某天傍晚，葛葳在忘記訂位的情況下，來到日式餐館，發現宣宣居然在店裡，立刻掉頭就走，對方卻發現了她，追出來把她叫住。

「老闆娘還沒回來嗎？」葛葳無力地問。

「臨時延後一天，明天才會回來。」

看著店內滿滿的客人，葛葳說：「現在客滿了吧？我下次再來。」

「沒關係，妳不必走，就算店裡客滿，妳還是有位子。放心！」

「什麼意思？」葛葳不解。

意識到自己說溜嘴，宣宣面露不妙的表情，訕訕回答：「妳先進來吧，我晚點跟妳解釋。」

穿過坐滿人的座位，宣宣又帶著她到店裡唯一的空席——她最熟悉的位子。

等到葛葳用完餐，店內也暫時沒那麼忙碌，兩人這才回到門口繼續未完的對話。

當宣宣表示她常坐的那張座位，是老闆跟老闆娘給她專用的，葛葳非常驚訝。

「為什麼他們要這麼做？」

「原因其實很悲傷。老闆有一個姪女，在去年輕生過世。妳初次到店裡用餐的時候，老闆就注意到妳，覺得妳跟他姪女有不少共通點；在妳第三次光顧，看到店裡客滿而失望離開時，老闆就決定今後要為妳保留一張座位，讓妳隨時來都不會撲空。阿姨跟我說，老闆看到妳好好出現在這裡，似乎會覺得安心。這次我來幫忙，阿姨就再三叮嚀我，只要妳打來訂位，一定要說有位子，而且不能讓妳知道這件事。所以我說溜嘴的事，請妳幫我保密，不然我會挨罵的！」

葛葳呆愣一陣，問：「老闆的姪女為什麼輕生？」

「她生前碰上很嚴重的網路霸凌，所以想不開。她就像明星一樣，是個很引人注目的女孩，然而我最後一次見到她，她變得很陰鬱，像是生病一樣，我幾乎認不出來。」

「……我明白了，謝謝。」

聽到這裡，葛葳就此打住，並答應宣宣會保密，然後轉身離開。

很早之前，葛葳就深深好奇過，明明店裡總是座無虛席，門口也常有客人排隊，為何她每次都能幸運搶到同個位置的空位，老闆娘還對她特別照顧，原來背後藏著這樣的原因。

嚴肅寡言的老闆，內心竟藏著這樣的傷痛，還將這份遺憾轉移到她身上。

謎底揭曉後，過去一週至少會去一次餐館的葛葳，整整三週都沒再去光顧。

明知自己突然不再出現，老闆很有可能會擔心，但這件事帶給她的影響，遠比她想像的要大，她暫時不曉得該用什麼心情踏進那間店。

而這段期間，葛母有一天在餐桌上宣布，楊坤成的妻子將在週六辦畫展，希望能邀他們全家參與開幕茶會。

葛母與葛葳目光接觸時，迅速將眼睛移開，沒有多看她一眼。

葛葳平靜撒謊：「週六我跟同學有約，不能去。」

葛父也回答妻子，「那天我要陪客戶去打高爾夫，妳帶意均去參加吧。晚點把展覽位置告訴我，我會請人送花籃過去。」

葛母默默同意後，葛意均就開口說他不想去，卻直接被母親駁回，不開心地當場翹高嘴巴。

週六，聽到母親跟弟弟出門的關門聲，葛葳便步出房間，發現母親把畫展開幕的邀請卡落在客廳的茶几上。

一小時後，她循著邀請卡上的地址，來到一間結合展覽空間的咖啡館。她站在對街，透過玻璃窗看見葛母和楊坤成夫婦在裡面談笑風生的畫面。

葛葳漫無目的地走在市區的街道上，突然有人叫住她，是日式餐館的老闆娘。

「葛葳，妳好嗎？見到妳真開心。」

壓下心裡的失措，葛葳擠出笑容，「老闆娘好，今天店裡沒營業嗎？」

「店裡的排水管出了問題，所以休息一天。」老闆娘眼神慈藹，「妳最近都沒來店裡。老闆告訴我，妳似乎是跟宣宣接觸後，就沒來光顧了。我能不能問發生什麼事？是不是宣宣對妳不禮貌？還是妳已經不喜歡我們的店了？」

「當然不是，我很想再去光顧，但……」

她的遲疑讓對方猜出，「宣宣是不是告訴妳，我們有刻意為妳保留座位的事？」

葛葳當下說不出否認的話，於是沉默。

老闆娘嘆氣，「果然是這樣。我問宣宣是不是跟妳說了什麼，她的反應有點心虛。那她一定也把原因告訴妳了吧？我們讓妳感到負擔了，對不對？」

「沒有，我只是覺得心情有點複雜，也擔心會給妳跟老闆造成困擾……」

「沒這回事，我跟老闆都是真心歡迎妳。妳平常坐的那個位置，之前用來放雜物，沒有開放。妳來了之後，老闆才決定整理出來，對店裡的生意沒有影響。他那麼做，只是想營造出一個能讓妳感到放鬆的空間，希望妳在我們店裡能安心自在。如果妳覺得不舒服，儘管老實跟我說，千萬別見外。」

老闆娘的真摯眼神令葛葳動容，忍不住問：「我聽宣宣姊說，我跟老闆的姪女有不少共同點，我們有哪些地方相似？」

「她呀……」老闆娘眼底浮上清晰的憂傷，「她叫KIKI，大妳一歲，跟妳一樣亮眼。她當過YouTuber，也幫餐館拍過影片，想將舅舅的店推薦給網友，是個非常體貼的好女孩。可是，後來發生她跟男友的親密影片遭到外流的意外，她遭到大批網友攻擊，跟男友也分手了。原本開朗愛笑的女孩，從此變得鬱鬱寡歡，無法再振作起來。她生前最後一次傳訊息的對象是她舅舅，因為她生前跟舅舅的感情最好了。這件事帶給老闆的打擊相當大，至今都還沒能走出傷痛。」

葛葳不禁愕然，「難道你們知道我也有出現在網路上？」

「嗯，從妳第一次來店裡，我們就對妳印象深刻。不僅僅是因為妳長得特別漂亮，也是因為平常沒有高中生會獨自光顧我們的店。那時我就想，妳應該跟KIKI一樣很受人矚目，當妳告訴我妳的名字，我就好奇查了一下，發現我想的沒有錯。希望妳別介意我說的話，妳剛來光顧的那段時間，會讓我們想起憂鬱時的KIKI，因為那時的妳臉上沒什麼笑容，感覺不是很快樂，當然也可能是我們多慮了，是KIKI的事讓我們變得敏感，忍不住就在意起與她特徵相似的妳……當妳有一天笑著跟我說，妳喜歡老闆的料理，喜歡我們的店，我心裡很感動。老闆他不太會說話，但我知道他也會因為看見妳的笑容而感到欣慰。」

老闆娘牽起葛葳的手，真誠向她道歉：「因為我的疏失，讓妳有不愉快的感受，真的很抱歉。但妳要相信，我跟老闆是真心喜歡妳，希望葛葳妳可以一直開開心心。如果宣宣確實冒犯到妳，我不會再請她過來幫忙，妳暫時不想到店裡也沒關係。不管過多久，我們都會歡迎妳，這是我最想讓妳知道的。」

老闆娘手心的溫暖，讓葛葳眼眶泛熱，久久無法言語。

兩人道別後，葛葳走進電影院，挑了一部快下檔的喜劇片，坐在最後一排的位子。

當全場觀眾被電影劇情逗得大笑，葛葳卻是默默啜泣。洶湧淚水讓她看不清大銀幕的畫面，任憑眼淚一顆顆沾濕臉龐。

『我跟老闆是真心喜歡妳，希望葛葳妳可以一直開開心心。如果宣宣確實冒犯到妳，我不會再請她過來幫忙。』

回想葛母和楊坤成在咖啡廳裡談笑的模樣，老闆娘最後說的話，更讓葛葳心如刀割。

她希望母親能為她做的，居然是其他人做到了。

別人願意為毫無關係的她付出的關懷，嘴上說愛她、在乎她的母親，卻一樣也給不了。

有比這荒謬可笑、更可悲的事情嗎？

在無人注意的角落，葛葳安靜流淚，直到電影裡的故事落幕。

後來的幾天，葛葳放學都會到戲院去看電影，讓自己暫時脫離現實世界。

某天看完電影，她在回程的捷運上心不在焉地滑手機，注意到ＩＧ裡的其中一條新私訊。

那條訊息開頭出現的名字，讓葛葳空洞的眼神漸漸變得清明，渙散的思緒也凝聚起來。

神情無比專注的她，最後動手打開那條訊息。

那個人的名字是石渝安。

# PART 3

石渝安週末跟著父親來到火鍋店。

見到石父氣色紅潤，比上次見面胖了點，她才知道哥哥是說真的，父親確實過得不錯。

「聽妳哥說，妳又因為考試考不好，被媽媽罵了？」石父笑盈盈問。

石渝安惱羞嘟囔：「哥很煩耶，幹麼跟你打小報告？」

「哥哥也是關心妳呀，怎麼不讓他教妳呢？」

「才不要。每次給哥教，他都會一直嫌我笨，討厭死了！」她用力咬下父親盛給她的貢丸，發洩對石丞光的不滿。

「但妳不是說過哥哥的教法很好懂？妳就請他幫忙，只要下次考得好，妳媽就不會再罵妳了。」石父夾了幾片煮熟的牛肉到她碗裡，「除此之外，家裡沒什麼事吧？妳哥說一切很好。」

「喔，還可以啦……」她眼神閃爍，「那爸最近在做什麼？」

「也沒做什麼啊。白天上班，下班就回家，很普通。不過，爸爸最近認識剛搬到隔壁的一戶人家，那對夫妻跟爸爸同年，常找我去喝茶，還邀請爸爸下週六去爬山。他們有對雙胞胎兒子，大妳一歲。」他語速飛快地說。

「那不錯呀……爸以前不太參加這些活動吧？多去戶外走走，有益身心健康。」

「是啊，所以妳不用擔心爸爸。如果妳媽發脾氣，盡量別頂嘴，忍一忍就過去了。有事情隨時打來，知道嗎？」

「知道。」家裡的話題就此結束。

兩人逛街時，石父塞了零用錢給她，約好下次再帶她去喜歡的餐廳，沒多久就道別了。

情緒低落的石渝安坐在超商裡，就算吃了喜歡的麻辣鍋，也得到零用錢，她也不覺得開心。

現在獨自住在爺爺家的石父，是疼愛孩子的好父親，與石母卻長期感情不睦，常為了孩子的教育問題、生活習慣及價值觀等等因素發生爭執。一直到獨居的爺爺於去年過世，這段不得安寧的日子才暫時畫下休止符。

以處理爺爺的後事為由，石父搬回老家後就沒再回來，石母也不曾主動要求丈夫回家，兩人就此進入分居生活。石湔安不願回到吵吵鬧鬧的痛苦日子，又不希望父母走上離婚一途，因此暗自希望維持現狀，沒有主動問過父親何時回來。

矛盾的是，當她發現父親遲遲沒有表現出回家的打算，她竟有些失望；看到父親過得安穩舒適，並為了與新朋友出遊而雀躍，還會有一點生氣，覺得父親似乎只想把母親丟給她跟哥哥，一個人過得自由自在。開始覺得父親狡猾的同時，她也認為是父親的逃避，讓事情變得越來越糟。儘管她知道父親也因為母親過得不開心，但想到眼下的事態，她就無法繼續體諒父親。

不想父母分離，又想用他們的分居換來和平的日子；看到父親過得好，欣慰之餘又會覺得不平衡；無法接受母親出軌的行為，卻又害怕父親知道真相，這個家就會瓦解。各種矛盾的念頭互相拉扯，讓石湔安覺得腦袋快要爆炸，分不清自己究竟想要怎麼做了。

如果不是發現母親有在追蹤葛葳的ＩＧ，她不會焦慮到這個地步，並無時無刻不在想，母親是抱著何種心情去關注葛葳的生活？又想從葛葳那裡得到什麼？是不是希望透過對方知道更多葛父的事？

石渝安拿起手機，看到葛葳的新限動，這次她停頓幾秒才點進去看。

貪圖著得不到的東西，是最可悲的事。

限動的背景圖看起來像是在電影院。葛葳打出的這句話，讓石渝安感覺渾身發冷，最後蓋上手機，不敢再看。

她沒想到有一天竟會如此懼怕葛葳的文字，即使不去過度解讀，她也會忍不住在意母親看見這句話的心情。

葛葳究竟是在單純抒發心情，還是真的在針對著某人？

假如……葛葳確實已經知道父親出軌，這陣子她發布的某些動態，也確實是衝著父親的出軌對象而來，那她是不是還會做出更多像是在挑釁對方的事？

石渝安不確定是不是這份憂慮讓她變得疑神疑鬼，當她回家面對母親，並覺得對方心情不好，就會懷疑母親看見那篇限動；當母親對她跟哥哥發脾氣，她也會立刻冒出同樣的想法。

開始將母親的每個負面情緒都歸咎到葛葳身上後，石渝安也漸漸感覺快發瘋了。葛葳的一舉一動都牢牢控制她的心緒，令她時時刻刻提心吊膽，連晚上睡覺都不安穩。

這天，她放學後跟好友們在速食店，聽到邱聖芯說葛葳分享葛父的新照片，要她們去看，石渝安過了好一會兒才有勇氣拿出手機。

葛葳分享葛父專注開車的側面照，寫下：「謝謝爸爸今天也來接我下課，想到週末能一起去游泳就覺得開心。」

「葛葳的爸爸真的好帥，記得葛葳以前開放網友提問，有說她爸爸學生時期是游泳隊的，而且拿過不少獎牌。有她爸爸教，葛葳應該也很會游泳吧？」吳珣美徹底淪陷在葛父的魅力之中。

「葛葳還有分享過一段她爸爸的鋼琴演奏，超級好聽。長得帥又有才華，她爸爸年輕時一定很受歡迎。感覺葛葳最近挺常提到她爸爸的事，父女倆感情真好！」邱聖芯附和。

「就是呀，反而她媽媽的事就沒提過。」梁家純說。

「沒有嗎？」邱聖芯歪頭。

「我印象中沒有。葛葳會在父親節時發文祝賀她爸爸，卻不會在母親節對她媽媽這麼做。」

「經妳這麼一說，好像真的是這樣。會不會是葛葳的媽媽比較低調，不喜歡在網路上露面？」

「但葛葳她弟弟就有在ＩＧ上放過她媽媽的照片，而且也長得很漂亮，所以我猜不是這個原因。」

梁家純突然開始認真瀏覽葛葳的ＩＧ照片牆，不久說：「果然沒錯。今年、去年，以及前年，葛葳都有在父親節發一篇祝賀文，母親節一次都沒有。家人的照片，她只分享過爸爸、弟弟，以及小狗將軍而已。」

「感覺有點不對勁，為什麼葛葳從來不提她媽媽的事，莫非她們母女感情不好？」吳珣美開始好奇了。

「有可能喔，葛葳對這兩個節日的反應差太多了，很難讓人不懷疑。對不對，渝安？」發現身旁的石渝安毫無反應，梁家純拍她的肩膀，「妳有在聽嗎？」

「有！」石渝安猛然回神，反射性附和，「我覺得家純說的有道理。」

「對吧？」梁家純嘴角高高翹起。

她們熱烈聊著其他話題，一路沉默的石渝安，終於忍不住開口：

「我有個問題想妳們。」

被三人關注的當下，她緊張得吞口水，鎮定說：「我最近在讀一部網路連載小說，目前的進度是，女主角發現自己的爸爸外遇，而且第三者可能還在社群上追蹤自己。我很好奇如果妳們是女主角，後面會怎麼做？」

梁家純不假思索回道：「我會在社群上狠狠罵她一頓！如果我知道對方的身分，一定會揭發，讓全世界知道她破壞別人的家庭！」

邱聖芯則提供另一種答案，「我不會揭發，我會故意透露我爸媽平時有多麼恩愛幸福，讓對方氣得牙癢癢。這樣不只可以刺激對方，還能挑撥他們之間的感情。」

「妳們真厲害，我只想得到封鎖對方這個辦法。若要我投票，我會選聖芯，感覺讓對方吃醋最能令對方痛苦。」吳珣美如此回。

「唉，也是啦，有些小三臉皮厚到根本天不怕地不怕。讓這種人嫉妒到抓狂，或許才是有用的報復，所以我也投聖芯一票。」梁家純舉起手。

聽完好友們的意見，石渝安始終懸著的一顆心，不可思議地得到安放。

儘管還無法保證葛葳確實知曉石母的存在，石渝安卻願意相信，對方那些彷彿話中有話的訊息，並非用來傷害父親的外遇對象。

畢竟她也同意讓對方嫉妒是最有殺傷力的報復，無論葛葳父母的感情如何，葛葳又是否真的與母親感情不睦，倘若葛葳打從心底無法接受父親出軌，因此憎恨石母，想傷害對方，應該不會只做到這個程度……

明明根本不了解葛葳，石渝安仍接受這個結論，相信葛葳什麼都還不知道，什麼都還沒有發現。

心情放鬆後，石渝安在回家路上去書店繞繞。她站在小說區前，不久聽到姜士詮從背後叫她。

「嗨，妳來買書？」男孩笑出一口白牙。

「我、我來逛一逛而已。你呢？」石渝安緊張到破音。

「我來幫我姊買書。」他的目光在她面前的書架上梭巡，很快伸手取下一本給她看，「就是這本。」

那是近期熱門的BL小說，石渝安意外，「你姊有在看這個？」

「我兩個讀大學的姊姊最愛這類型的書了。因為書店離我們學校近，她們偶爾會要我幫忙買回去，但限制級的我就幫不了。之前我看妳提一袋BL的書，妳應該也跟她們一樣吧？有特別喜歡的嗎？我可以推薦給我姊。」

石渝安恍然大悟，難怪之前他看見那些封面露骨的BL書籍，感覺一點都不尷尬，像是習以為常。

她心中大喜，立刻在書架上找書，最後指著一套小說，「我推薦這一套！雖然有點冷門，但是我心中的經典，不曉得你的姊姊有沒有看過。」

「可能沒有，我沒印象在她們的書櫃裡看過這套。」

「那你問問她們，若她們有興趣，我可以借她們。」

「好，就這麼辦。那我跟妳要個LINE，若她們想借，我就通知妳。」他當場拿出手機，準備加她好友。

石渝安沒想到能透過這個方式得到姜士詮的LINE，回家路上開心到飄飄然，迫不及待將這份喜悅分享給吳珣美知道。

晚上八點男孩捎來訊息，他的姊姊們都對她推薦的小說感興趣，石渝安馬上答應明天帶去學校給他。

放下手機時又有新訊息，是李湘泉。

「渝安，妳哥又失聯了，我有事找他，可以叫他回我一下訊息嗎？」

石渝安重重嘖了一聲。那傢伙又來了！

當她到隔壁敲門，卻發現對方還沒回家。去客廳問母親，才知道石丞光今天會晚點回來。

告訴李湘泉她會提醒哥哥後，石渝安就準備回房，卻在經過石丞光的房間時忍不住停下腳步。

猶豫一分鐘，她打開哥哥的房門，溜了進去。

『其實我認為，妳哥是為了從我的學校落榜，才在會考中出事。』

『如果妳哥有什麼狀況，請妳一定要通知我，畢竟我會擔心他。』

如果不是巫浩璘的託付，她不會越來越在意這件事，甚至決定溜進哥哥的房間，看看能否發現什麼蛛絲馬跡。

檢查過書桌，沒什麼發現，她接著到書櫃前仔細探索。

三分鐘後，她在底層抽屜的角落，發現一個少女風十足的粉紅色精緻鐵盒，一點也不像是石丞光會有的東西。

某種直覺驅使她取出鐵盒打開，盒裡裝著一個模樣古怪滑稽的毛毛蟲布偶，布偶底下還露出一張拍立得照片。

當石湳安一眼認出照片上的人就是石丞光，並發現他的身旁還有一個人，立刻要拿出照片看清楚，耳邊卻在這時傳來腳步聲，嚇得她迅速蓋上鐵盒，將東西歸回原位。

石丞光走進房間時，看見她站在書櫃前，當場變臉，「妳在我房裡幹麼？」

「我的修正帶用完了，我急著要用，過來看你這裡有沒有。」她臨時編出一套還算正常的藉口。

「我的書櫃看起來像是有修正帶嗎？」

「我、我就順便看你有沒有買什麼新書啊！」

石丞光從書包裡拿出修正帶扔到她手上，「不用還了，以後不許再隨便進我房間，不然我跟妳翻臉。」

「好啦。」離開前，她想起一件事，跟他說：「小泉姊剛剛又LINE我，她要找你，拜託你有空讀個訊息，不然我一直過來提醒你很煩耶。」

「知道啦，囉唆！」石丞光關上門，將她擋在門外。

石渝安回房間就迫不及待傳訊息給巫浩璘，告訴他石丞光疑似早就有了女朋友。巫浩璘讀訊息後，驚訝到直接回電給她。

「妳是說真的嗎？」

「是真的，我剛才偷偷溜進哥的房裡，找到一張他藏起來的拍立得照片。照片上有兩個人，其中一人就是哥。雖然哥在我認清另一個人的長相前就回來了，我來不及確認對方身分，但我肯定那是一個女學生！」

「女學生？會不會是小泉？」

「不是。小泉姊是短髮，照片上的女生是長髮，穿的制服也跟小泉姊不同，但當下我也看不出是哪間學校的。照片上還有寫一個日期，是聖誕節！」

「妳有看到是哪一年的聖誕節嗎？」

「有，是前年的。難道哥真的在高一時就瞞著我們交了女朋友？他到現在還細心珍藏著那張照片，就表示兩人不是還在交往，就是已經分手，但哥還對她念念不忘吧？我的天呀，我真的超級好奇，要是哥能再晚一分鐘回來，我就可以知道對方是誰了！」她扼腕不已。

「就是啊。但妳為什麼會突然想偷溜進妳哥的房間？難道他發生什麼事？」巫浩璘馬上關切。

「哦，沒有啦。是你上次說的話讓我很在意，哥今天又難得晚回來，我才會一時鬼迷心竅……」

「哇，妳膽子真大。別再這麼做了，我不想害妳被罵。」他笑著勸阻。

「你放心，就算真的被哥抓到，我也不會出賣你。而且……要是哥當年真的故意落榜，我當然會想知道理由。就算我們兩個老是吵架，我還是會擔心他是不是發生不好的事。」

巫浩璘停頓之後欣慰道：「有妳跟我一起關心他，我就放心了。但妳真的別再冒險囉。我不是希望渝安妳這樣做，才把那件事告訴妳的。」

「我知道，我也暫時不敢了，我剛才真的差點被哥逮個正著。」察覺到門外有動靜，她一驚，匆匆說：「浩璘哥，那就這樣，我們下次再聊！」

「好，再見。」

石渝安一放下手機，就聽見母親在外頭叫她洗澡，當場鬆一口氣，慶幸不是石丞光。

隔天來到餐桌前準備吃早餐，比她早起的石丞光已經快吃完了。注意到石渝安落在他身上的目光，他瞪她，「妳幹麼一直偷看我？」

「誰偷看你呀？自戀。」石渝安心虛的吐槽他，拿起餐具低頭用餐，不再多看他一眼。

兩分鐘後，石丞光打破沉默，「石渝安。」

「幹麼？」

「妳有沒有想要的東西？」

「想要的東西？」她眨眨眼，很快回道：「有啊，我想買韓國漫畫《穿越時空的落難王妃》第一集到第四集的特裝版，但要三千多塊，我根本買不起！」

「我買給妳吧。」

石渝安以為自己聽錯，愕然問：「你剛才說什麼？」

「我說，可以送妳想要的漫畫，但是妳得幫我一個忙。」

她又驚又喜，「什麼忙？」

「如果小泉再像昨天那樣拜託妳找我，妳就隨便應付，不必真的跑來跟我說。若她問妳我在不在家，妳都要說不在。知道嗎？」

石渝安愣住，馬上嗅出不對勁。

「你跟小泉姊吵架了？」

「沒有，我只是覺得應該跟她保持一點距離，畢竟她跟浩璘在交往，太常私下聯絡不是很恰當。」

「沒、沒這麼嚴重吧？浩璘哥本來就知道你們一直很親近。難道他有對你表示不滿？」

「當然沒有，是我自己想這麼做。妳別問這麼多了，妳答應我的條件，我就送書給妳。還有，這事不許跟浩璘多嘴。」石丞光說完，就起身將吃得乾淨的碗盤收進廚房，跟在陽台晾衣服的母親說一聲，背上書包出門。

石渝安上學時在巷口遇到李湘泉，兩人一起走到公車站。

「渝安，妳哥已經走了？」

「嗯，他半小時前就出門了。」

「是喔……」

對方聲音裡的落寞，讓石渝安忍不住看向她清秀的側顏，好奇問：

「小泉姊，妳昨天找哥有什麼事呀？」

「喔，妳哥不是會收藏電影海報嗎？我曾聽浩璘說他想要《寄生上流》的國際版海報。昨天我去同學家，發現她的哥哥有，而且打算賣掉，所以我想問丞光要不要直接幫他買下來。但昨晚他告訴我，他現在已經沒有收藏海報的習慣了……」

她發出嘆息，喃喃自語，「越來越搞不懂他。」

「妳說哥？」

「對呀，不僅對過去的愛好一個接著一個失去興趣，現在還變得越來越難約。他現在每天提前出門，週末又都泡在圖書館裡，簡直跟消失了一樣。當我跟浩璘抱怨已經快要忘記石丞光長什麼樣子，浩璘就聯繫永枝阿姨，讓她找我們去妳家。」

「浩璘哥是為了讓妳見哥，上次才會來我家？」她意外。

「呵呵，對呀。明明我跟妳家僅隔一條街，我卻比浩璘更難見到妳哥。知道我有些吃味，浩璘才會幫我，但他也是真心想讓丞光去參加他學校的舞會，才會決定親自過來。妳別跟妳哥說喔。」李湘泉笑著拜託她保密。

「好。」石渝安點點頭，小心地問：「哥他這樣子……妳會生氣嗎？」

「與其說是生氣，不如說是有點難過吧。因為我覺得妳哥有時表現出的距離感像是故意的。但浩璘認為他是因為學測快到了，心情緊繃才會這樣。丞光曾在會考中失利，永枝阿姨又盯得那麼緊，壓力必然不小。或許就像浩璘說的，等妳哥這次順利考上第一志願，他壓力卸下，自然就會回到原來的樣子。」

不知道為什麼，石渝安當下無法附和她的話，再啟口：「你們三人的第一志願都是臺大吧？」

「對呀，只是選擇的科系不同。浩璘的目標是醫學系，我是牙醫學系，丞光則是數學系。」

「數學系？」她大吃一驚。

「妳不知道？」

「不、不知道，哥沒跟我透露過。但我一直以為他會跟浩璘哥一樣選醫學系，怎麼會是數學系？」

「我起初也跟妳一樣非常困惑，但他沒有跟我們清楚解釋理由。這件事還是半年前永枝阿姨告訴我媽，我媽再告訴我，我才知道的。丞光說，他想等確定考上後再告訴我跟浩璘，不然如果又像會考一樣落榜會很丟臉。看來妳哥的心理陰影確實不小。」她忍俊不禁。

石渝安啞然，陷入更深的迷霧之中。

上午的第三堂下課，姜士詮來到石渝安的班級門口。

從她手中取走一袋沉重的書，他不好意思地說：「很重吧？我會叫我姊盡快看完，把小說還給妳。」

「沒關係，慢慢看就好，不用急著還。反正我早就看完了！」

「謝謝，那要還書的時候，我再通知妳。」男孩燦笑，拎著那袋書離開。

中午梁家純跟邱聖芯好奇問姜士詮為何過來找她時，石渝安不知怎麼解釋，便如實回答，兩人這才知道他們已經認識一段時間。

國中就跟姜士詮同校的邱聖芯說：「姜士詮國中很受歡迎喔，以前在我班上有三個女生同時喜歡他。他不僅親切有禮，個性也溫柔體貼，跟其他說話粗魯的臭男生完全不同。但他也有很多男生朋友，人緣相當好。」

梁家純認同，「可以理解。我跟姜士詮沒接觸過幾次，但也對他印象不錯。感覺他是個很真誠的人，又長得挺好看的，會受歡迎不意外。他有女朋友嗎？」

「我沒聽說，應該沒有吧。」

發現邱聖芯的視線似乎朝自己飄來，石渝安下意識低頭，緊張地假裝認真吃飯。

回家時，石渝安收到李湘泉傳來的一張餐廳照片，和一條語音訊息。

「渝安，週日我跟浩璘想找妳和丞光吃這家的火烤兩吃。我猜妳哥又會很晚才讀訊息，妳回家後可以直接幫我問他嗎？這樣浩璘比較方便早點訂位。」

聽完語音，她的腦中冷不防響起石丞光的聲音——

『我只是覺得應該跟她保持一點距離，畢竟她跟浩璘在交往，太常私下聯絡不是很恰當。』

這下子，她很肯定哥哥是真的在躲李湘泉。

昨晚溜進他的房間時，牆上明明就掛著一張兩個月前上映的電影海報，這證明石丞光說已經沒有收藏海報的習慣，根本是騙人的。

嘴上說巫浩璘沒有不滿，現在卻為這種理由跟李湘泉劃清界線，感覺就有問題。如果不是巫浩璘確實會介意他們的關係，石丞光應該不至於這麼做才對……

『丞光說，他想等確定考上後再告訴我跟浩璘，不然如果又像會考一樣落榜會很丟臉。』

他給了李湘泉這樣的說詞，最了解他的摯友卻相信他是故意落榜。儘管還不確定到底哪一個才是事實，但從石丞光躲避李湘泉這點看，石渝安認為他對李湘泉說的這句話，很可能也是謊言。

這兩天一下子聽到許多跌破眼鏡的驚人消息，包括石丞光大學的第一志願居然跟巫浩璘不同，讓石渝安越來越好奇，也越來越想解開謎團。

拿著手機思考良久，她回傳同意的貼圖給李湘泉。

＊＊＊

今天石丞光也晚回來，於是石渝安跟母親先用餐。

石母回：「妳週六有要跟妳爸碰面嗎？」

她拿著筷子的手停頓了一下，吶吶回道：「沒有……上次我跟同學取消掉的電影，延到這禮拜去看。而且爸週六也有別的事。」

「什麼事？」

「爸說有一戶人家最近搬到爺爺家隔壁，對方很熱情，常找他過去串門子，還邀請爸這週六一起去爬山。」她邊說邊悄悄注意母親的反應。

石母的表情淡漠，沒有再問下去，告訴她：「那妳週日跟我一起去大賣場，我有不少東西要買，妳來幫忙提。」

「咦？可是浩璘哥和小泉姊找我週日一起出去吃飯……」她支支吾吾。

石母皺眉，嘆氣，「算了，那我自己去。」

尷尬的寂靜中，石渝安繼續偷瞄著母親，忍不住問：「媽要去大賣場買什麼？」

「我要幫你們換新的床單，也要多買些菜跟水果。妳的大阿姨跟二阿姨下週一要來探望舅媽的病，會順便來家裡，我要煮晚餐招待她們。」

石渝安一時沒能忍住真實的情緒，當場深深鎖著眉頭。

見到她的反應，石母沒生氣，只叮嚀她：「我知道妳不喜歡跟大阿姨相處，但那天見到人還是要有禮貌，不許擺臭臉。聽到了嗎？」

「喔。」

繼續安靜用餐之際，石渝安漸漸發現，現在似乎是解開某個謎團的好時機。

她謹慎叫了聲：「媽。」

「幹麼？」

「就是，今早我跟小泉姊去上學，她說哥……」

講到一半，玄關處突然傳來開門的聲音，沒多久石丞光背著書包走了進來。

石母意外看他，「你不是要晚點回來？」

「幾個同學臨時有事，行程就取消了。媽，我想先洗澡，外頭突然下雨，我的頭髮跟外套都淋濕了。」

「你的傘呢？我不是叫你們每天都攜帶雨具？」

「我不小心忘在學校。」

「真是的，你們到底什麼時候能讓我少操點心？我幫你拿衣服，你快去洗！」擔心兒子著涼，石母立刻放下碗筷，起身幫他拿換洗衣物，石渝安不得不先放棄跟母親探問哥哥的事。

一小時後，石丞光來敲她的房門，遞給她一個袋子，「拿去。」

「好重，這是什麼啊？」一看清袋裡的物品，石渝安的下巴差點掉下來。

「《穿越時空的落難王妃》第一集到第四集的特裝版，沒買錯吧？」

「你、你真的買下來了？」她不敢相信。

「對啊。我書給妳了，妳答應我的事也要做到。我走了。」

「等一下，不要走！」

她抓住他的手，告訴他李湘泉邀他們週日吃飯的事，口氣充滿焦急：「雖然你叫我不必再轉告給你，但這件事還是得問你的意見吧？要是小泉姊跟浩璘哥之後發現我根本沒跟你說，我要拿什麼臉面對他們？」

他沉默一下，「妳想去嗎？」

「我？我是想呀，畢竟我很久沒跟他們出去吃飯了……可是只有我去的話，感覺就變成電燈泡，那樣有點尷尬，所以我想先確認你的意見再做決定。」

石丞光輕輕嘆息，低聲回：「知道了。那妳告訴小泉我會去，但只能留一小時，因為我還得去圖書館，太晚去會沒位子。」

「真的？你要去？」

「對啦。」發現她還緊抓著他不放，他好奇，「怎麼？還有事？」

「哥，你……很喜歡數學嗎？」

「還好，馬馬虎虎。幹麼問這個？妳有數學題目要問我？」

「沒有啊，隨便問問而已。」她尷尬的收回手。

「確定？如果妳又像上次那樣，數學考了二十幾分被媽抓到，我可救不了妳。」

「你很煩耶，就說沒有了！」

石丞光撇撇嘴角，回到自己房間。

看著手裡的那袋漫畫，石渝安心中茫然，覺得越來越搞不懂哥哥。

明明已經決定要跟李湘泉保持距離，現在又突然答應週日的聚餐，到底是有何打算？更讓她百思不解的是，既然石丞光對數學的感覺只是

「馬馬虎虎」，根本稱不上喜歡，又為什麼要以臺大數學系為第一志願？

石渝安最後認為，既然石丞光對親密的友人都沒說出原因，想必也不可能對她坦承，所以如果要解開謎團，果然還是只能透過母親。

為了不讓計畫再被打斷，石渝安趁著哥哥在房間到陽台找母親，問她：「媽，妳是週日去大賣場吧？大概幾點去？」

「問這幹麼？」石母將洗好的衣物一一放進烘衣機裡。

「我想說……那天我可以在跟浩璘哥他們吃過飯後，再跟妳會合。若媽不趕時間，我們約兩點在大賣場門口見。怎麼樣？」

蓋上烘衣機的蓋子，石母回頭看著一臉笑咪咪的女兒，接受她的提議。

＊＊＊

週日中午，他們四人來到新開的燒烤店聚餐。

巫浩璘拿著烤肉夾將烤肉架上的肉片一一翻面，笑問眼前的好友，

「阿姨不曉得你今天也跟我們出來吃燒烤吧？」

「你說呢？」石丞光涼眼瞥他。

李湘泉兩眼彎彎，「永枝阿姨這麼注重你的飲食，要是發現你身上有烤肉味，會大發雷霆吧？」

「知道還叫我來，妳存心想看我挨罵？」

「我哪有？我也不想得罪永枝阿姨，是浩璘堅持要找你的！」

「對，是我的主意。既然你不肯參加我學校的舞會，至少跟我們出來玩吧？就算不幸被發現，阿姨應該也會原諒我們的。」巫浩璘神態輕鬆。

「是原諒你們又不是原諒我，你們兩個分明就是居心不良，想看我好戲。」

「被你發現了！」他們異口同聲，在石丞光的白眼下笑成一團。

面對和樂融融的這一幕，石渝安頓時覺得心情複雜。

在見到石丞光一連串的反常行徑前，她會單純地認為兩人今日邀哥哥吃飯，是想讓他從母親的監控中喘一口氣，現在卻懷疑事實也許沒那麼簡單。

既然巫浩璘知道李湘泉會因為見不到石丞光而失落，以他疼女友的個性，一定會製造兩人相處的機會。但要是巫浩璘真的為了李湘泉這麼做，他會是心甘情願的嗎？當他發現李湘泉對青梅竹馬在乎，心裡真的會一點點介意都沒有嗎……

石渝安的心情漸漸變得沉重。

一小時後，石丞光照原訂行程去圖書館，李湘泉也在他離開不久後前往洗手間。

望著對面的巫浩璘，石渝安開口：「浩璘哥，我……」

「怎麼了？」

對方溫暖的笑臉，讓她一度語塞。

要是真的問他會不會為李湘泉跟石丞光的關係感到嫉妒，似乎太尷尬了。而且聰明如他，也許會懷疑哥哥跟她說了什麼。

深怕這一問，真的會導致某些事情發生改變，石渝安掙扎過後決定保持沉默。畢竟無論如何，她都是最不希望這三人的關係出現裂痕的人。

「沒有啦，我是想跟你說，我再過半小時也得離開了，因為我還要陪我媽去買東西。小泉姊有告訴妳吧？」她鎮定回答。

「有，那妳趕快再多吃一點，今天我請妳。」

「啊？那怎麼行？」

「不用客氣，就當作是給妳的謝禮，畢竟丞光今天是因為妳才會來的。我們能久違的出來聚餐，都是託妳的福喔。」

她一臉意外，「哥他跟你說，他是因為我才會來？」

「沒有，但我肯定就是這樣。」

「為什麼？」

「當然是因為他很疼妳呀。」

她馬上反駁，「才沒有呢，浩璘哥你不必幫哥說好話啦。我心裡很清楚的，哥一定覺得我很麻煩，巴不得沒有我這個妹妹！」

「沒這回事，丞光是真的對妳好。他有多麼保護妳，我一直看在眼裡。所以我跟妳掛保證，妳哥是最不希望妳受傷難過的人。」

巫浩璘突然認真的神態，讓石渝安不禁愣住，不明白他為何會忽然說出這樣的話……

李湘泉回來後，三人繼續愉快的吃吃喝喝，後來石渝安也跟他們道別，到大賣場跟母親會合。

站在寢具區，石母要她自行選喜歡的床單，最後她挑了一組風格可愛的床單放進購物車裡。

她望向正在幫哥哥挑床單的母親，「媽，那個……」

「零食、衣服，還有小說跟漫畫，通通不許買。」石母說。

「啊？為什麼突然這樣說？」她傻住。

「妳不是想要我買那些東西給妳，今天才會答應陪我來的嗎？」

「我哪有？我是真心想要幫忙，妳幹麼誤會我？」

「還不是平常叫妳幫忙，妳都心不甘情不願的，我當然會這麼想。」

「哎喲，不是啦，我是要問妳哥的事情！」

「妳哥？什麼事？」

「我聽小泉姊說，哥想考臺大數學系，是真的嗎？」

「真的啊。」

「所以妳同意？妳都不生氣嗎？」她瞠目。

「我為什麼要生氣？」石母疑惑。

「因、因為我一直以為妳希望哥跟浩璘哥考同一個科系。妳對哥的要求那麼高，又常拿他們兩人做比較，不就是不希望哥輸給他嗎？而且我也以為妳會希望哥選擇前途性看起來更好的科系，比方說醫學系、法律系之類的……反正絕不會是數學系！」

她直白的提問，讓石母沉默下來，而後回：「沒這回事，我非常支持妳哥讀數學系，也希望他考上。」

「為什麼？」

「哪有什麼為什麼？妳哥的數學很好，讓他往擅長的領域發展，我自然贊成。」幫兒子選完一組素色的床單，石母推著購物車往下一個地方前行，繼續說下去：「我也沒有要妳哥什麼都跟浩璘一樣，只是希望他能夠多學學浩璘的自律，還有自我要求的精神，改掉半途而廢的壞習慣。」

「半途而廢？哥有這樣嗎？」她疑惑。

「哪裡沒有？妳難道忘了，以前我讓妳哥學了這麼久的鋼琴跟游泳，如今幾乎都荒廢掉了嗎？明明他一直都學得很認真，到國中就變得散漫，還開始翹課。妳爸當時不管教，還慣著他，所以我們才常吵架。人人都說妳哥聰明，但若沒有持之以恆的心態，以後做什麼都不可能成功。而他最讓我擔心還不只這一個。」

石滄安好奇，「還有什麼？」

深深嘆一口氣後，石母說：「妳哥的個性，說好聽是沒什麼得失心，實際上就是缺乏執著心跟責任感。以前他不樂意繼續學鋼琴跟游泳的時候，說他想用所有的時間用功讀書，跟浩璘考上同一所高中，但是他竟然在會考的日子亂吃東西，讓努力白費。這兩件事都證明妳哥不僅不珍視自己的時間，更不會為自己的決定負起責任。我更氣的是，妳哥在面對自己導致的這些結果，總是一副不痛不癢的態度，根本看不出有沒有在反省。這個月就要學測了，我若不再好好盯著他，說不定又會重蹈覆徹！」

石滄安愣愣的聽著，不久，她問出最重要的那個問題，「那哥是怎麼告訴妳他想讀數學系？又是什麼時候跟妳說的？」

「就在妳哥高一的時候。當我知道浩璘想考臺大的醫學系，就去問你哥的意願，他說他還沒有明確的想法。我告訴他，如果他想跟浩璘同校，可以考慮讀臺大的數學系，畢竟他很擅長數學，去讀那裡的話會很好。」

「哥就接受妳的建議了？沒有一點猶豫？」

「沒有，這也沒什麼好猶豫的。他是我兒子，他適合走什麼樣的路，我最清楚不過。」石母的眼神深沉，「只要丞光有從會考的事記取教訓，到最後一刻都不鬆懈，我相信他能考上。妳哥已經偏離正確的軌道很久，這次必須要導正回來，不能再錯下去了。」

不知是石母此刻的眼神過於嚴肅，還是她最後的那番話，聽在石渝安耳裡有種說不出的怪異，石渝安冷不防地微微一顫。

透過這次對話，石渝安不僅明白母親對哥哥嚴格的真正原因，也因為母親敘述的那段過往，勾起一些令她不太開心的回憶。

七歲開始上鋼琴課跟游泳課的石丞光，每次都是由石母騎機車接送，沒有一天例外。

石丞光不光是會念書，兩種才藝也學得很好，經常在比賽中得獎，大人們關愛的焦點因此都落在他的身上，令石渝安時常感覺被忽略，不受重視。

印象中最讓她難過的一次是，九歲的她有天發燒不舒服，想要母親陪伴，石母卻不顧她的哀求，堅持去接上完鋼琴課的哥哥回來，甚至拒絕石父的幫忙，不願將這件事交給其他人來做。

即使母親那天煮了她喜歡的食物給她吃，晚上也陪她睡覺，她幼小的心靈依然留下了深深的傷痕，認為母親只把哥哥擺在第一，永遠不會像重視哥哥一樣重視她。

在那段飽受委屈、不被母親偏愛的童年時光，多虧有李湘泉聽她說心事，給她溫柔的陪伴及照顧，她才不至於過得太痛苦。而且若沒有哥哥，她也不會遇到跟李湘泉同樣疼她的巫浩璘，因此就算哥哥比她受寵，她也不曾真的對哥哥心懷怨恨。

石丞光後來頻頻翹掉才藝課的事，她也有印象。國二的他，有次一連翹掉兩個重要的檢定考試，跑到電動場玩耍，讓石母氣到第一次打他耳光。

聽到兒子堅定說出不想繼續學鋼琴跟游泳，石母眼底的失望無比清晰；一年之後，石丞光從會考落榜，與第一志願失之交臂，她的眼神比當時更痛心，是石渝安見過母親最悲傷的表情。

至今石渝安依舊不明白，一直在母親面前乖巧聽話，幾乎對她百依百順的哥哥，為何會在國中時突然叛逆？然而，那也是她最後一次看見哥哥公然反抗母親，在那之後，他就變回原來的乖兒子，不曾再做出嚴重忤逆母親的行為。

至少在知曉哥哥食物中毒的內幕前……她都是這麼認為的。

從大賣場提了滿滿東西回家，原本晴朗的天氣驟然轉陰。石母吩咐她把自己的床單換新，再把舊床單拿到客廳來。

石渝安抱著舊床單到客廳時，發現母親背對著她站在廚房裡講手機，聲音低得聽不見，像在說著重要的悄悄話。

這一幕讓石渝安敏感地繃起神經，心跳加快。

自從偷窺過母親LINE的聊天名單，她已經肯定葛父的名字就是「葛鎮宇」。

石母現在的鬼祟舉止，讓她不禁懷疑母親正在跟對方通電話，觀察一會兒後才慢慢把床單放在沙發上，回到房間。

石母十分鐘後來敲她的房門，說有事出門一趟，叮嚀她若外頭下雨就把陽台的衣服收進來，旋即匆匆離家。

石母講完那通電話就緊接著出門，讓石渝安覺得可疑，一度坐立難安。

三分鐘後，她跟著母親的腳步出門，直接前往某個地方。

走出上次跟蹤母親時進入的無人小巷，一輛黑色轎車就從她眼前疾駛而過，離開這條街區。看清車牌號碼，石渝安震驚認出那是葛葳父親的車，也透過後擋風玻璃隱約看見副駕駛座坐著人。

不可能會這麼巧，石母出門不久，葛父的車子就馬上出現在他們之前碰面的這個地方，這證明他們剛才果然在通電話，甚至立刻就決定見面。

石渝安感到青天霹靂，難以接受這個事實。

比起母親的出軌，她發現更令她深受打擊的，是母親居然可以在與外遇對象聯繫之後，就這麼把她丟下，出去跟對方幽會。

這件事嚴重影響到她的情緒，當天空下起雨，心事重重的她忘記收衣服。一小時後石母回來發現衣服還掛在陽台，罵了她一頓，石渝安臭著臉，沒有回應半個字。

這份鬱悶過了一天仍無法排解，隔天的體育課，兩班學生一起打躲避球，她站在操場上心不在焉，對身邊的聲音毫無反應。

「渝安，快點閃開！」

吳珣美焦急的叫喊聲讓她回過神，臉部在下一秒遭到重擊，當場重心不穩，跌坐在地，痛得兩手捂鼻，動彈不得。

老師跟幾個同學跑到她身邊關心，最後吳珣美送她去保健室。

校醫檢查過後認為無大礙，建議她不舒服就留下來休息，然後暫時離開保健室。

吳珣美放心下來，「幸好沒事，那顆球真的砸得超大力，我還擔心妳會腦震盪。一定很痛吧？」

「還好，不怎麼痛了。」她拿下沾染血漬的衛生紙，方才的強烈撞擊導致她流了點鼻血，現在已經止住。

「那妳還能回去上課嗎？」

石渝安心想，以她魂不守舍的程度，再上場打躲避球實在很危險，於是說：「我有點睡眠不足，整個人頭重腳輕的，想休息一下。」

「也好，我也覺得妳今天有點不對勁。那我幫妳跟老師說，妳好好休息，下課後我再來找妳。」

吳珣美離開後，石渝安無精打采地坐在床上，對著無人的保健室繼續發呆。

「石渝安。」

一道輕喚讓她愣了下，一張熟悉的面孔出現在門邊，她嚇了一大跳，不敢相信自己的眼睛。

姜士詮走了進來，眼底滿是關心，「妳還好嗎？要不要緊？」

「不要緊，我只有流一點點鼻血。你怎麼會來這裡？」她緊張不已。

「剛才是我朋友的球砸到妳，他有點擔心妳的情況。我問吳珣美，她說妳想留在保健室休息，我就跟老師說，帶我朋友來找妳。」

聞言，石湍安的視線這才繞到他身後，停在跟他一起出現，名叫瞿子勤的男生身上。

瞿子勤比姜士詮高，頭髮修剪得比一般男生更乾淨俐落，如同他給她的印象。

自從開始關注姜士詮，石湍安也注意到在學校裡經常和他一起行動的瞿子勤，知道他們是非常要好的朋友。即使還沒跟瞿子勤實際接觸，石湍安也能從他跟姜士詮及其他人的互動中，觀察出瞿子勤似乎是個性情沉穩、直爽乾脆的男孩子。

「石湍安，抱歉害妳受傷。」瞿子勤說。

「沒關係，是我自己不專心，你不用放在心上！」她擺擺手，露出不在意的笑容。

「真的沒事了嗎？」姜士詮確認。

「百分之百沒事，你們回去上課吧，不用擔心我。」

「好，那我們走了。」離開前，姜士詮想起一件事，莞爾告訴她，「對了，上次跟妳借的小說，我姊姊們看完了，她們都超級喜歡。」

「真的嗎？」

「對，她們還想再請妳推薦。」

「沒問題，我今晚製作一份推薦書單傳給你，如果有她們感興趣的小說，你再告訴我，我明天帶來學校。」

「好啊，那我明天也把小說帶來還妳，我先替我姊姊們謝謝。那就不打擾妳休息了，拜拜。」

他們離開後，石渝安的心情仍難以平復，沒想到姜士詮會過來關心她。

當她沉浸在喜悅裡，耳邊又傳來敲門聲。

發現瞿子勤折返，她不禁意外。

「怎麼了？有什麼東西掉了嗎？」石渝安好奇，同時往對方的身後瞧瞧，以為姜士詮也跟著回來了。

男孩彷彿看出她的想法，告訴她：「我跟姜士詮說要去廁所，讓他先回操場，再過來找妳。」

「咦？為什麼？」

「我想問妳一件事。」

「什麼事呀？」

「妳喜歡姜士詮吧？」

石渝安瞬間腦袋當機，嚇得一個字都說不出口。

看見她呆滯的表情，他說：「抱歉，我只是想確認一下，不是故意要嚇妳。」

石渝安心神大亂，「你……你為什麼要確認這個？」

「若妳真的喜歡他，我認為讓妳知道這件事比較好。姜士詮已經有喜歡的人了。」

轟的一聲。她的腦袋在當機之後，又被這枚震撼彈炸得一片空白。

石渝安呆呆複述對方的話：「姜士詮有喜歡的人？」

「嗯。」他點頭。

「是……是誰？」

「是二年級的學姊，名字我不能透露。姜士詮開學第一天就喜歡上對方，算是一見鍾情。」

一下子從天堂掉入地獄，石渝安像個木頭人，半點笑容都擠不出。

她看著他，深深不解問：「……你為什麼要專程來告訴我這些？你是想要警告我什麼嗎？」

「我是想——」瞿子勤才開口，校醫就突然回來，他匆匆落下一句：「下次再說吧。」就直接走出保健室。

姜士詮有心儀對象的殘酷事實，令石渝安大受打擊，再度失了魂。

當吳珣美、邱聖芯及梁家純三人來保健室接她，她才知道已經下課，拖著沉重的腳步跟她們回教室。

過完難熬的一天，她踏進家門，聽見客廳傳來的大嗓門，整顆心再次墜入谷底。

她完全忘記今天是那個人來家裡的日子。

石母正在廚房做晚餐，石渝安走到客廳，對沙發上的兩人打招呼：

「大阿姨，二阿姨。」

「安安回來啦。妳長高了，也越來越漂亮了喲！」二阿姨彎起一對宛如貓咪的細長眼睛，向她揮揮手。

石渝安的二阿姨大石母四歲，至今還是單身；個性跟男孩子一樣海派豪爽的她，相處起來十分輕鬆自在，完全沒有面對長輩的感覺，反而像是朋友，石母因此常斥責她跟二阿姨說話沒大沒小。從以前就疼愛她跟石丞光的二阿姨，是石渝安最喜歡的親戚。

「渝安，妳怎麼胖這麼多？臉也變圓了。是不是一天到晚亂吃零食，不懂得節制？」大嗓門的大阿姨，一開口就是傷人的話。

妳才胖吧！石渝安瞪視大阿姨厚厚的雙下巴，跟她圓滾滾的大肚腩，忍著想回嘴的衝動，沉住氣反駁：「我沒有一天到晚亂吃零食，更沒變胖，我的體重一直在標準值以內。我先回房間換衣服，等一下出來。」

僅憑一句話就能輕易破壞她心情的大阿姨，石渝安怎樣都不想再跟她多說一句；要是故意躲在房間不出來，母親一定會怪她對阿姨沒禮貌。為了避免母親秋後算帳，她只能逼自己咬牙撐過這段時間。

除了講話惹人厭，大阿姨令她深深厭惡的地方還有一個。

當她見到石丞光，就會立刻換一副面孔，對他眉開眼笑的熱情問候，態度落差大到連笨蛋都能看出來。

餐桌上，聊到兩人的課業成績，大阿姨在讚美石丞光之後，又是數落石渝安一番。

「渝安，妳再不跟妳哥多多看齊，以後會考不上好大學。我在妳房間裡的書櫃發現一堆漫畫跟小說，妳就是成天看那種東西，功課才會這麼差吧？」

石渝安驚愕抬頭，「妳偷進我的房間？」

「什麼偷進？我只是進去看一下。看妳讀書的環境，就知道妳平常根本不用功。大人辛苦賺錢，可不是為了讓妳亂買那些亂七八糟的東西。永枝，妳還不認真管管妳女兒，別老是寵著孩子，什麼垃圾都買給她！」

石渝安的目光落向母親時，發現母親沒有反應，對大阿姨連珠炮的嘮叨不置一詞。

從以前就是這樣，每當大阿姨用過分的話奚落她，母親既不許她回嘴，也不會幫她說話，都是二阿姨出面緩頰。

這一刻石渝安瞬間明白心中那份排解不去的陰鬱從何而來。她會對石母昨日把她留在家中，跑去見葛鎮宇的事耿耿於懷，是因為這件事勾起她曾在最需要母親的時候，母親仍執意丟下生病的她，出門接兒子的傷心往事。

母親對哥哥的偏愛，讓她甚至冒出一種想法。倘若昨天是哥哥在家，母親也許就不會輕易跑去跟外遇對象見面；倘若現在被大阿姨瘋狂數落的人是哥哥，她也絕對不會保持沉默。

石母現在的袖手旁觀，不僅重新提醒她有多麼不被重視的事實，更讓她意識到自己在母親的心中，地位甚至不如外面的男人。

「媽沒買漫畫小說給我，都是我自己買的。」強烈的悲憤下，石渝安咬牙擠出這一句。

「不就是妳媽給妳錢，妳才能買的嗎？」

「錢是爸爸給我的！」

「妳爸？那就難怪了。只拿錢對孩子好，卻不會教導孩子，真的很糟糕。」

大阿姨的輕蔑口吻，讓她按捺不住，「爸爸對我好有什麼不對？」

「對妳好有什麼用？做父親的應該要當孩子的榜樣。該盡的責任沒盡，反而讓家人蒙羞。這樣的人只會給你們帶來壞影響！」

石渝安知道大阿姨不喜歡父親，卻沒料到她現在會當著她的面抨擊對方。她忍無可忍，冷冷的脫口而出：「那大表姊之前酒駕、肇事逃逸，表哥賭博被警察抓，也是以姨丈為榜樣做出來的嗎？」

「妳說什麼？」大阿姨驟然臉色鐵青。

「渝安！」石母嚴厲喊了一聲。

如她所料，母親只有在她出言反抗大阿姨的時候，才會做出反應。

然而石渝安已被憤怒吞沒理智，不打算再乖乖聽母親的話。

「我是按照大阿姨的邏輯問的呀。既然表哥跟表姊會做出那種事，是不是代表這是姨丈帶來的壞影響？」

「石渝安，妳還不給我閉嘴！」石母怒吼。

石渝安扔下碗筷站起來，紅著眼睛離開家裡。

糟透了。

一切的一切，都糟到不能再糟了。

彷彿所有的厄運全降臨到她身上，她相信現在絕不會有比她更悲慘的人。

出門不到五分鐘，二阿姨就聯繫她，帶著外套來到她所在的超商找她，

「妳這孩子，外套都不穿就跑出去，感冒了怎麼辦？」幫外甥女披上外套，見女孩一臉泫然欲泣，二阿姨摸摸她的頭，「安安，阿姨知道妳很生氣，妳大阿姨這次的確過分了，但她不是真心想傷害妳才那麼說，妳別把她的話放在心上。好不好？」

「明明就是大阿姨不對，每次講話都那麼尖酸刻薄。媽不幫我說話，還跟她一起教訓我，真的很不公平！」她聲音哽咽起來。

「唉，阿姨知道妳受委屈了。妳大阿姨從小就個性強勢，講話咄咄逼人，很難溝通，以前二阿姨也常跟她吵架。可是每次她跟妳媽發脾氣，妳媽媽都是安安靜靜的不吭聲，任由她教訓到累了為止。妳媽是清楚跟她

硬碰硬沒好處，才會阻止妳們起衝突，不是故意不幫妳說話。」

還在氣頭上的石渝安無法接受這個解釋。她別過臉，眼淚在眼眶打轉，說不出母親令她心寒的原因不只這一個。

「妳飯沒吃多少就跑出來，肚子應該很餓，跟二阿姨回去吧？」

「我不要，我不想看到大阿姨！」在最親近的二阿姨面前，她忍不住繼續吐出心中怨氣：「我真的覺得很奇怪，大阿姨到底對爸哪裡不滿？動不動就批評他，好像爸爸做了什麼十惡不赦的大壞事。明明她自己的小孩更糟糕，憑什麼說我跟爸爸的壞話？簡直莫名其妙！」

二阿姨默然，伸手搭上她激動到顫抖的肩膀。

「安安，二阿姨答應妳，一定會狠狠念妳大阿姨，叫她以後別再那樣說妳爸爸。」聽見女孩肚子的咕嚕聲，她莞爾，「既然妳還不想回家，我就帶妳去隔壁吃小火鍋。看到妳繼續餓肚子，二阿姨會心疼的。走吧！」

火鍋吃到一半，二阿姨收到一條訊息，然後告訴她，大阿姨已經先出發去車站。等等送女孩回家，她就會離開了。

心情已經平復許多的石湉安，對她道歉：「二阿姨，對不起，讓妳跟著跑出來。」

「小傻瓜，幹麼道歉？妳沒做錯事。妳大阿姨說不定在反省了。」石湉安皺眉，「才不可能呢。我很清楚阿姨一定氣炸了，才會決定先離開。我無所謂，反正她本來就只喜歡哥哥。」

「怎麼這麼說呢？」

「這是事實呀，大阿姨向來只給哥哥好臉色。即使是笨蛋也看得出來，她就是比較重視聰明又優秀的哥哥，就跟媽媽一樣……只有妳跟爸爸不會對我們有差別待遇。」她嘟囔。

二阿姨深深看她，再度伸手摸她的頭，話鋒一轉：「說到妳哥，他就要上考場了吧？希望他這次能順利考上理想的大學。他的第一志願已經決定了嗎？」

「嗯，是臺大數學系。」

聞言，二阿姨停頓，「丞光說想考臺大數學系？」

她搖頭，「也不是。我昨天才問過媽媽，她說哥其實沒有特別想讀的大學跟科系，是聽了她的建議，才決定以臺大數學系為目標。」

「這樣啊。」二阿姨神情若有所思。

之後走在回家路上，二阿姨冷不防喚她：「安安。」

「什麼事？」

「妳剛才說，妳認為大阿姨跟妳媽媽都比較重視哥哥，那妳會因此變得討厭他嗎？」

石渝安遲疑後坦言：「有的時候……多少還是會呀，畢竟從以前到現在，我常因為哥哥被媽媽罵，也被拿來跟哥哥做比較。二阿姨為什麼這麼問？」

「因為我希望妳能對妳哥哥好一點。」她臉上浮現一抹無奈的笑容，「丞光其實很辛苦，承擔了不少事，所以二阿姨會心疼他。不管發生什麼事，我希望安安妳能支持著妳哥。」

石渝安怔怔地聽，沒有回話。

二阿姨離開後，石母要石渝安打電話向大阿姨道歉。

「我不要。」她冷冷拒絕，「大阿姨不先跟我道歉，我就不道歉。」

石母動怒，「石渝安！」

「不要就是不要。是大阿姨有錯在先，憑什麼只有我低頭？要是大阿姨不先為她羞辱爸爸的事道歉，我就絕不原諒她！」她紅著眼眶，第一次激烈地大聲反抗母親。

原以為下一秒就會挨巴掌，石母卻是忽然靜靜看著她不說話，接著說一句：「隨便妳吧。」然後轉身走掉，出乎她的意料。

當石丞光敲她的房門，發現沒回應，直接開門走進去，問坐在床上的妹妹，「石渝安，為什麼不回我？」

「我有說你可以進來嗎？出去啦！」她沒好氣道。

「幹麼這麼凶？」

「我現在最不想看到的人就是你，快點出去啦！」石渝安用力把枕頭丟向他，把臉埋入雙臂裡。

石丞光沒離開，一屁股坐到書桌前，托腮問：「為什麼妳最不想看到我？是因為大阿姨說爸壞話的時候，我沒有幫妳嗎？」

石渝安立刻抬頭狠狠瞪他，咬牙切齒，「你本來就只會在大人面前裝乖小孩，看到所有人都喜歡你，你很開心、很得意吧？」

「我哪有開心得意？而且幹麼說得像是沒人喜歡妳似的？」

「這是事實呀！你在大阿姨眼中就是優秀，是家族的驕傲，而我缺點一堆，是沒用的廢物；就因為我是你妹，才一直被她數落批評，真的很不公平。不只是阿姨，媽也一樣，就算你曾經讓她失望，她還不是只重視你？把你擺在第一？這個家裡真正在乎我的只有爸爸，我應該搬去跟他一起住的。我現在就是打從心底討厭媽、討厭大阿姨跟二阿姨，更討厭你。跟你當兄妹是我這一生最倒霉的事，我不要再當你妹妹了！」

一口氣倒出這些話，石渝安將掛著淚水的臉埋回雙臂，開始低聲啜泣。

長年壓抑的委屈跟憤怒，在聽到二阿姨那一句「希望妳能對妳哥哥好一點」，瞬間來到極限，讓她再也壓抑不住情緒，一發不可收拾。

她不明白，明明哥哥已經占盡所有好處，為何還要她對他好一點？難道哥哥從她身上奪走的關注還不夠多嗎？他們到底還希望她給他什麼？

原以為信任的二阿姨會站在她這一邊，想不到對方終究也是最看重哥哥，這個打擊成了壓垮她的稻草，之後看見母親的臉，內心也生起強烈的厭惡，忍不住出言頂撞對方，還將怒氣宣洩到哥哥身上；就算她清楚自己是在遷怒，不該真的將對母親跟阿姨們的行為歸咎於哥哥，可現在的她卻只能對他開口，也只能對他說出這些話。

石丞光沒有因她的重話而生氣，他來到她身旁，摸摸她的頭。

「別哭了，妳心裡有什麼不滿，衝著我來就好，別對老媽發脾氣。大阿姨的話妳不必當一回事，哪怕那是媽說的也一樣，我很快就不是她們的驕傲了，所以妳再忍一忍，想做什麼就去做，別在意她們說什麼，更別浪費時間為那種沒意義的話受傷。明白嗎？」

石丞光說完就走，石渝安含淚望向關上的門板，沒有馬上從他的話意識到什麼。

隔天石丞光出門後，石母對著吃早餐的她開口。

「如果妳不想打電話給大阿姨，傳訊息跟她道歉就好。」

「……我說過，大阿姨不先道歉，我就不道歉。」她頭也不抬的回。

「石渝安，趁我好好跟妳說的時候聽進去，別太過分。」石母皺眉。

她忍不住反駁：「過分的是媽吧？大阿姨都把爸罵得那麼難聽了，為什麼妳卻要逼我忍氣吞聲？大阿姨批評我的時候，妳也不幫我講話。是認為大阿姨說得都對嗎？」

「妳也清楚大阿姨是心直口快，說話不會掩飾。她是刀子嘴豆腐心，說那些話是為妳好，不是真的在批評妳。」

「我一點也感覺不到大阿姨是為我好，她是真的打從心底看不起我。說話不會掩飾，就應該改掉啊！難道因為她是長輩，就可以想說什麼就說什麼，都不用顧別人的心情嗎？大阿姨才不是什麼心直口快，她就是單純的沒禮貌，不懂得尊重人，是最差勁的長輩！」

「石渝安！」石母疾言厲色大喝，「妳再沒大沒小試試看，別考驗我的耐心。我給妳最後一次機會，今天之內不跟大阿姨聯絡，妳就去妳爸那裡別回來了！」

石渝安心灰意冷，大喊回去：「好啊，我就去跟爸住，跟爸爸在一起一定比較開心！」

石渝安抓起書包奪門而出，站在公車站難過得頻頻拭淚，後來抵達的李湘泉發現她在哭，連忙上前關切。

聽完事情原委，李湘泉非常生氣，替她打抱不平：「妳大阿姨怎麼可以亂說話？真是太過分了。敢傷害我們渝安的人，我絕不輕易原諒！」她用面紙為女孩擦眼淚，溫柔接住她的情緒，「渝安乖，不要難過了，妳大阿姨根本一點都不了解妳，才會說出那麼荒謬的話。不管是妳爸爸還是妳，都是非常棒的人。尤其渝安妳更是迷人又可愛，是我最棒的妹妹，全世界沒人比得過妳！」

她的溫暖鼓勵讓石渝安破涕為笑，害臊地說：「小泉姊，妳好誇張喔。」

「才不誇張，我說的都是實話，妳對我來說就是跟家人一樣重要，誰都無法取代妳。」李湘泉神態認真，接著問：「妳真的想要去找叔叔嗎？」

「其實……我剛才有傳訊息給爸爸，問今天能不能去找他？但他說他到中部出差了，週末才會回來。我真的覺得好煩，好不想回家……」

「既然如此，那妳今天就到我家過夜吧。」

「不行啦，小泉姊妳要念書吧？我怎麼能跑去打擾妳？要是我真的在這節骨眼跑去吵妳，鐵定會被罵得更慘。」

她哈哈笑，「不會有這種事。要是我真的一個晚上沒讀書，就把學測考砸，那我根本就沒必要這麼努力啦！而且我很想跟妳盡情聊天，好好放鬆一下。我會幫妳跟永枝阿姨說，不讓妳挨罵。我是真的希望渝安妳能來我家過夜，妳就當作是幫我紓解壓力。好不好？」

知道李湘泉這麼說是為了不讓她有負擔，石渝安深深感動之際，忍不住感慨：「如果我是出生在小泉姊家裡就好了，我好想當妳的妹妹。」

「妳早就是我的妹妹啦。」她寵溺地摸摸女孩的頭。

「但我的意思是……希望妳能當我真正的家人。為了這個心願，我還希望妳以後能跟我哥哥結婚呢。」

「真的？妳現在也這麼想？」

「當然沒有，我已經放棄了，因為我現在認為妳配我哥的話太可惜了，也不希望妳跟浩璘哥分手。但有時看到我哥那副德性，我還是會有點火大。都是他這棵呆木頭，讓妳被浩璘哥追走，害我沒有這個福氣！」

李湘泉笑得樂不可支，接著沉默下來。

「謝謝妳，渝安，我很感動。為了答謝妳這份心意，我偷偷告訴妳一個祕密，請妳一定要保密。」

李湘泉說這句話的神祕口吻，使她想到巫浩璘之前跟她說祕密的樣子，直覺認為李湘泉要說的祕密，說不定也非同小可。

「好。」她慎重答應。

李湘泉輕聲告訴她：「我曾經跟妳有一樣的心願。」

「什麼？」

「就是妳剛剛說的，希望我們當真的家人的那個心願。」

聽完這句話，石渝安瞪大雙眼，不可置信。

「為什麼小泉姊妳會有這個心願？難道妳曾經喜歡過哥哥？」

李湘泉笑而不語，將食指貼在唇上，「要保密喲。」

搭上公車後，石渝安仍處在震驚中，還差一點坐過站。

儘管知道那兩人過去非常親近，但她沒想到李湘泉真的喜歡過石丞光。而李湘泉要她保密，就表示巫浩璘並不知道，包括石丞光本人。

然而思及石丞光突然對李湘泉保持距離的態度，她漸漸覺得事有蹊蹺，開始懷疑這兩件事會不會存在著某種關聯性……

想得正專注，她聽見有人從教室外叫她。

看見姜士詮提著一個袋子站在走廊上，她才猛然想起一件重要的事。

「對不起。我昨天發生一點事，不小心忘記製作推薦書單，明天我一定給你！」她在走廊上跟男孩賠不是。

「沒關係啦，妳方便什麼時候給我，就什麼時候給，不用急。」把小說還她後，男孩小心翼翼關心，「我可以問……妳發生什麼事了嗎？」

昨天幾乎哭了一整夜，導致石渝安今日雙眼嚴重浮腫，不僅被好友們關切，連姜士詮也都看出不對勁。

她向好友謊稱自己看了一部催淚影集，才哭到眼睛腫起，現在卻不想讓姜士詮以為，她是因為這個理由，才忘記答應他的事。眼看找不到其他適當說詞的她，她選擇實話實說。

「我昨晚跟我媽吵架了，所以稍微哭了一下。」她笑得尷尬。

「原來是這樣……妳等我一下！」

姜士詮突然回到自己教室，很快又跑出來，將兩樣物品放到她手中，是冰敷袋跟未開封的巧克力。「我朋友有冰敷袋，是新的，妳拿去冰敷眼睛。這盒巧克力請妳吃，希望能讓妳的心情好轉。」

石渝安被男孩的體貼深深打動，最後決定確認一件事。

「謝謝。你人真好耶，你的女朋友一定很幸福！」她用開玩笑的口吻說。

「我沒有女朋友啦。」他靦腆道。

「是喔？那你應該有喜歡的女生吧？」

姜士詮微微紅了臉，露出五味雜陳的笑容，沒有回答。

「抱歉，當我沒說。謝謝你的冰敷袋跟巧克力，你幫了我一個大忙！」她立刻轉移話題。

「不客氣，我很高興能幫上妳，那我走了。」男孩親切說完就離開。

姜士詮沒有直接否認那個問題，就表示他心有所屬的事是事實。

發現這份感情加深的同時，石渝安也確定自己真的失戀了。

＊＊＊

收到李湘泉的訊息，石渝安放學後就前往她家。

兩人躺在溫暖的被窩裡時，李湘泉開心說：「妳一年多沒來我家過夜了吧？真開心能再這樣跟妳聊天。」

「對呀，我真想一直住在這裡。」

「呵呵，我也希望妳能永遠住下，但永枝阿姨跟妳哥會捨不得的。」

「他們才不會呢。」她冷冷嘀咕。

「他們會的啦。我跟妳說，永枝阿姨為了妳來過夜的事，有特地打給我媽，請我們關照妳，丞光也有傳訊息拜託我安慰妳。這傢伙就只有為了妳的事，才肯主動聯絡我，有夠冷淡，但這證明他是真的很在乎妳！」

柔聲勸哄女孩一番後，李湘泉繼續說：「浩璘得知妳跟永枝阿姨吵架，要我轉告妳，學測之後，他想邀妳跟我們到南投玩兩天，去妳最喜歡的九族文化村。」

巫浩璘的心意，讓石渝安十分感動，卻也在這時想起李湘泉今早告訴她的那個祕密，忍不住把目光轉回到她的臉上，「那哥呢？」

「我們也會邀他呀。」

「要是他不去怎麼辦？」

李湘泉無所謂的聳肩，「那就隨便他呀，我們三人也能玩得很開心。但他得先過浩璘這一關，考完學測後，若他還繼續拒絕我們的邀請，這次浩璘一定會不高興。一旦浩璘真的生氣，事情就大條了，我才不信你哥有膽敢得罪他呢！」

看著笑咪咪的李湘泉，石渝安喉嚨乾澀，沒再出聲。

原本想知道李湘泉是何時喜歡上哥哥，也想確定她是否對哥哥表明過心意？但聽到對方提起巫浩璘，她就問不出口，還因為有這個念頭對巫浩璘產生一絲罪惡感。

她曾許願希望他們三人的關係永不變質。既然李湘泉願意說出那個祕密，就表示打從心底信任她，那麼，她也應該更懂得分寸，才不辜負巫浩璘跟李湘泉對她的好跟信賴。

而且無論那兩個問題的答案是什麼，過去的事終究已經過去，跟現在沒有關係了。

兩人聊到十一點，李湘泉漸漸入睡，千頭萬緒的石渝安卻失眠了。拿起枕邊的手機想看個影片，等待睡意來臨，卻在順手打開ＩＧ時，發現葛葳分享一組新照片。照片主角是她的寵物狗「將軍」，每一張都可愛得不得了，最後一張則是葛葳跟將軍臉貼臉的甜蜜照。

這組照片發布不到半小時，已經有上百位網友留言。粉絲們熱烈誇讚將軍的可愛，以及葛葳素顏依然美麗，大力敲碗更多他們的合照。

看著這組照片，石渝安想起一件事，動手進入母親的帳號，發現發表數及粉絲數還是零，追蹤對象也依舊只有葛葳一個。

一直以來，母親就只有默默關注葛葳的照片，沒有其他的舉動嗎？

回到葛葳的照片牆，她隨便挑選葛葳幾週前分享的一張照片，並在「說讚的用戶」欄位中輸入母親的帳號，竟然出現意想不到的結果——母親居然有在這張照片按下讚。

發現後面幾張也都有一樣的結果，石渝安忍不住從床上坐起，全神貫注地一張張確認下去。

石母在葛葳的每一張照片都按了讚，就連上傳不久的最新照片也有，足以證明母親真的時時刻刻都在關注著葛葳。

石渝安彷彿聽見腦海深處有什麼東西斷裂的聲音。

母親知道她有在玩ＩＧ，卻從沒想過關注她分享的生活點滴，反而只關心葛葳的。

母女兩人吵架至今，母親沒有給她一句溫暖的關心跟安慰，卻願意給葛葳的每一篇生活動態予以正面回應。

如此巨大的差別待遇，再次勾起她不願面對的那道陰影。

意識到自己在母親心裡不僅是輸給哥哥，甚至連葛葳都遠遠不如的這個事實，石渝安的視線逐漸被淚水和憤怒蒙蔽，無法看清其他事物。

深受背叛的炙烈怒火，驅使她點下傳私人訊息給葛葳的按鍵，一口氣打出下面的文字：

葛葳妳好，我叫石渝安。

我跟妳同齡，是妳的粉絲，有一件非常重要的事想要讓妳知道。

請問妳父親的名字是不是叫葛鎮宇？開的車是黑色的，車牌號碼是AJF-2XX9。

如果我沒說錯，請妳一定要讀完這條訊息。上個月的某一天，我意外發現妳的父親跟我的母親認識，也肯定他們不是第一次私下碰面，更確定他們的關係非比尋常。

我相信妳的父親有把妳的事告訴我母親，因為我不久前發現我母親有一個ＩＧ帳號，是專門用來追蹤妳的。

我知道妳看到這裡一定會震驚憤怒，但我發誓這不是惡作劇，我說的全是事實，沒有欺騙妳。

如果妳不相信，我們可以直接見面，我願意當面跟妳說明清楚。

打完最後一個字，石渝安就將訊息發送出去。

＊＊＊

「渝安，起床囉。」

聽見熟悉的呼喚，石渝安猛然從睡夢中驚醒。

李湘泉站在床邊微笑看她，「再不起床會遲到喔，妳有睡好嗎？」

石渝安呆愣，下一秒抓起放在枕邊的手機，檢查自己的ＩＧ訊息。

訊息匣裡並沒有她傳訊息給葛葳的紀錄。

她瞬間渾身虛脫，嚇得冒出冷汗，心臟用力跳個不停。

「妳怎麼啦？臉色好蒼白。」李湘泉關心。

「我……我沒事，我做了一個噩夢。」醒來的同時，她也回想起昨晚發生的事，以為自己真的在失去理智的情況下，將不能傳的訊息傳給葛葳，驚駭到腦中空白。

幸好只是虛驚一場，幸好那只是夢。

跟李湘泉出門後，看見站在公車亭的某人，她們都一臉意外。

「哇，好難得，某人不都是提前出門的嗎？今天怎麼會這麼晚？該不會是睡過頭了？」李湘泉故意陰陽怪氣道。
「妳很吵。」石丞光涼眼瞥她，目光轉到妹妹身上，「妳怎麼一副沒睡飽的樣子？昨晚很晚才睡嗎？」
石渝安別過頭，沒有理他。
見狀，石丞光說：「喂，還在生氣喔？不然我請妳吃早餐，吃完就別氣了。妳想吃什麼？」
見女孩仍不吭聲，李湘泉說出她們喜歡的早餐組合，「渝安要雞肉御飯糰跟茶葉蛋，以及巧克力牛乳。我要鮪魚雙拼三明治跟無糖豆漿，還要草莓口味的義美小泡芙及甘草芭樂乾。謝謝招待！」
「李湘泉，我有說要請妳嗎？而且妳一口氣點這麼多是怎樣？想害我破產啊？」
「我就是要你破產，給你一個教訓，看你還敢不敢再惹我們渝安不高興！」她振振有詞。
石丞光無言以對，默默走到隔壁超商幫兩人買東西。
李湘泉笑著告訴女孩，「妳哥真的很不坦率。他明明就是擔心妳，今天才會刻意晚出門，還不老實說！」

石渝安咬唇，為自己不成熟的賭氣行為感到有些愧疚。

她從小就在這兩人身邊，自然能看出他們是故意在她面前演出那齣戲；李湘泉告訴她的這句話，也是為了讓她的心情好轉，不再跟哥哥嘔氣。

明知石丞光其實會關心她，而她也會為自己亂遷怒的行為感到後悔，但看見哥哥的臉，她就是會變得頑固又彆扭，無法輕易拉下臉。

石丞光買來早餐後，叮嚀她：「放學要回家喔。」就先坐上他的那班公車走了，而石渝安仍沒有予以回應。

早自習結束後，石渝安勉強打起精神，用手機打出一份推薦書單傳給姜士詮，完成答應他的事。

姜士詮很快就回傳一張感謝的貼圖，並問：「妳喜歡狗跟貓嗎？」

石渝安不知他這麼問的用意，老實回：「非常喜歡。」

男孩接著傳來一段影片。

影片中，有一隻黃金獵犬跟一隻白色波斯貓正在一起玩耍，畫面溫馨又可愛。

「這是我家的寵物，分享給妳，希望妳看了會心情愉快。」

石湉安著迷地反覆觀看影片，心裡隱約覺得，姜士詮很可能是為了她跟母親吵架的事，才特地再傳這支影片安慰她。

為男孩的心意感動的同時，她也嘗到同等程度的心痛，想哭的情緒再度湧上。

下課時間，她站在飲水機前裝開水，忽然有人從背後輕拍她的肩膀。

發現是瞿子勤時，她不禁訝異。

「妳午休前能來教學大樓後面一下嗎？我想把上次沒說完的話告訴妳。」

石湉安內心掙扎，最後答應了他。

中午一跟對方會合，石湉安就直接開口：「你放心，我不會再接近姜士詮了。」

「什麼？」瞿子勤愣住。

「你不是希望我別繼續糾纏姜士詮，才把他有喜歡的人的事告訴我嗎？」

「當然不是，我沒有要妳那麼做。」他笑著澄清。

「那……你為什麼要告訴我？」石渝安困惑。

「我是想跟妳說，如果妳真的喜歡姜士詮，我可以給妳一點建議，讓妳能夠更靠近他。」

石渝安不敢相信自己的耳朵，「你是說真的嗎？」

「真的。」

「你為什麼要幫我？」她半信半疑。

「打躲避球的時候，我害妳受傷，心裡過意不去，就決定補償妳。我無法告訴妳姜士詮喜歡的人是誰，但可以把他的興趣告訴妳，只要妳投其所好，就有機會跟他拉近距離，說不定還能讓他喜歡上妳。」

石渝安聽見自己心跳加快的聲音。

瞿子勤的話，讓她原本槁木死灰的心，出現一絲生機。

「你真的願意告訴我？」她既期待又怕受傷害。

「嗯，我現在就可以跟妳說。姜士詮家裡有養一隻叫布布的黃金獵犬，跟一隻叫紅豆的波斯貓，他非常疼愛牠們。只要跟他聊寵物，他就可以聊得很久，所以我建議妳從這部分下手。等你們變更熟，再邀他一起參加活動，比如逛展覽。」

「展覽？」

「他很喜歡逛展覽，各種風格的都不排斥。寒假期間通常會有一些展覽活動，妳可以先查查妳認為不錯的，再試著找他去看。」

將瞿子勤的建議牢記在心，石渝安感到振奮之際，也對他冒出更深的疑問。

「那個……謝謝你告訴我這麼重要的資訊。但你明知道姜士詮有喜歡的人，還給我這些建議，這樣好嗎？」

他聳肩，「沒什麼不行的吧？姜士詮又還沒跟他喜歡的對象在一起，妳當然也能自由追求他。況且我只是給妳一些建議，他會不會喜歡上妳，還是得靠妳的本事。不過我可以再告訴妳，你們兩人的戀情，我覺得妳成功的機率比較高。」

她的心重重一跳，「真的？為什麼？」

「這我就不能透露了。總之，妳好好加油，我會祝妳好運。」

石渝安看著他的眼神充滿感激，又想到一件非常重要的事。

「對了，你為什麼知道我喜歡姜士詮？」

「因為妳經常在體育課上偷偷看他啊。」

她捧著滾燙的臉叫出來，「不會吧？很明顯嗎？」

瞿子勤又露出笑容，「就我看來挺明顯的。我是因為聽姜士詮說妳曾對他伸出援手，才會注意到妳，後來就發現妳會一直關注他。不過姜士詮應該還沒察覺，我也不會跟他透露半個字，放心好了。」

「謝……謝謝。」石渝安羞恥到不敢再正眼看他，恨不得挖個地洞跳進去。

「不客氣，那我回教室了。拜。」他踏著俐落的步伐離去。

瞿子勤做的事，讓石渝安對他另眼相看，沒想到他竟是這麼好的人。

更不可思議的是，發生在她身上的一連串壞事，似乎就從這一刻起出現轉機。

好友們找她放學後去逛街，卻不告訴她要去哪裡，表示要先保密，石渝安納悶地答應了。

跟著她們走的路上，巫浩璘突然來電，她稍微走到後面，好專心聽對方通話。

「渝安，妳喜不喜歡王若妃？」

「當然喜歡，怎麼了？」她好奇對方為何突然提及這位知名女星。

「她的新電影寒假期間上映。我叔叔認識電影公司的人，有辦法拿到首映會的公關票，我想送給妳，而且王若妃會在首映會當天來到現場喔。」

「真的嗎？」石渝安興奮到差點發出尖叫。

「當然可以，本來我想送一張給妳哥，讓這個孤陋寡聞的傢伙好好認識王若妃，感受一下她的魅力。但我聽說他讓妳生氣難過，就不想對他那麼好。我記得妳有三個好朋友對吧？我會拜託我叔叔幫忙爭取到四張票，等我的好消息吧！」

石渝安開心結束通話後，正想告訴好友們這個好消息，就發現目的地似乎到了，她們帶著她進到在網路上知名的熱門蛋糕店。

各種造型漂亮的蛋糕和飲料上桌後，邱聖芯告訴石渝安，這是她們三人要招待她的，讓她大吃一驚。

「妳這兩天都心事重重，我們其實有猜到是怎麼回事。妳跟妳媽媽吵架了吧？妳之前說很想來這裡，我們就帶妳過來蛋糕吃到飽。」梁家純說。

「對呀，今天我們陪妳大吃一頓，妳想吃多少就吃多少。吃完之後打起精神，別再難過了喔！」吳珣美鼓勵道。

石渝安呆呆看著她們，心情激盪，當場紅了眼眶。

「哎喲，渝安，妳幹麼哭啦？」梁家純抱住忍不住掩面哭泣的她，其他兩人見狀，也來到她身邊，四個人相擁嬉鬧，歡笑聲不斷。

李湘泉、巫浩璘，以及這些好朋友，讓石渝安明白了一件事。就算她的母親不重視她，甚至沒那麼愛她，仍有許多人是真心在乎她，她不是孤單一個人。

當石渝安將巫浩璘說的好消息告訴她們，三個女孩在店裡尖叫。

「我超喜歡王若妃，居然有機會見到本人，謝謝渝安！」吳珣美開心緊抱石渝安。

「這個好消息能讓我暫時遺忘下週的期末考了。希望可以要到王若妃的簽名。」邱聖芯幸福滿足地說。

「齁，別提到期末考，我還不想面對啊！」梁家純哀嚎，然後想起一件事，「我們考完期末，隔天就放寒假，剛好也是大學學測的日子。我記得渝安的哥哥跟我姊一樣，也是今年的考生對吧？」

「喔……對呀，怎麼了？」她問。

「我姊昨天跟我說，她有個同學上週被送進醫院了。聽說是為了準備學測，壓力太大，導致她忍不住傷害自己，真的好可憐。我姊還說，她有一陣子也是壓力大到常常哭，真的好辛苦。妳哥應該應該沒有這種情況吧？」

「嗯，我哥看起來還好，應該沒什麼問題……」

『我很快就不是她們的驕傲了。』

石渝安面色微僵，瞬間打了個寒顫。

為什麼她會在這時候忽然想起石丞光的話呢？

直到現在，她才發覺這句話越聽越奇怪，給人一種不祥的預感。石丞光那時這麼告訴她，是什麼意思？有什麼特殊的涵義嗎？

抱著這份疑問，石湇安之後在回家路上，聽見哥哥從背後叫住她。

「妳今天回來得有點晚喔。」背著書包石丞光來到她面前。

某個再次令石湇安打冷顫的念頭，在見到對方的臉時閃過腦海。

不知道是不是因為受到梁家純的那些話影響，她居然冒出石丞光可能會在考學測的日子裡，重演會考時發生的那起「意外」，這種荒誕又莫名的想法……

「欸，怎麼不說話？妳還要繼續跟我冷戰下去？」

發現妹妹仍無反應，石丞光嘆氣，「算了，只要妳不再為大阿姨的事跟媽起衝突，妳想怎樣都行。媽今天去賣場上晚班，我打算叫鹹酥雞跟滷味，還有珍珠奶茶。妳要嗎？」

聞言，石湇安忍不住開口：「你亂吃這些東西，不怕挨罵？」

他唇角一揚，「妳別打小報告不就行了？到底吃不吃？」

「我不用了，我剛剛才跟同學去吃蛋糕，現在肚子很飽。」

「喔，那我就叫自己的了。」石丞光拿出手機點開外送平台，就越過她走進大樓裡。

換下制服，石渝安坐在房間，想著方才的那股可怕直覺，不安越來越深，最後前往客廳。

石丞光正在看電視吃晚餐，發現她來到身旁，問：「幹麼？」

她嚥嚥口水，「我問你，你上次跟我說，你很快就不是阿姨跟媽的驕傲，叫我再忍一忍。這是什麼意思？」

「我有說過這句話嗎？」他面露疑惑。

「你有！我跟大阿姨吵架後，你到我房間安慰我，就有這樣說。」

他安靜了一下，像是回想起來，聳聳肩，「那句話沒什麼特別的意思啊，我是為了安慰妳才那麼說。」

「真的？可是我聽起來總覺得很怪。」

「哪裡怪？」

「就是……感覺你準備做出讓媽非常失望的事。」

「讓媽失望？什麼意思？妳能不能講清楚點？」

石渝安心跳加速，決定豁出去，「我是說，你下週六就學測了，可能你打算到時亂考，讓自己從第一志願落榜之類的。」

當她幾乎屏著呼吸說完這句話，石丞光下一秒就大笑。

「石渝安，妳再怎麼氣我，也沒必要這麼狠毒吧？我都還沒上考場，妳就先詛咒我落榜，會不會太過分？」

「我哪有詛咒你？我只是隨便舉例。」她焦急澄清。

「妳這例子也太荒謬。我高中三年認真讀書，結果打算讓自己落榜，根本邏輯死亡。妳是怎麼得出這種結論的？太好笑了。」石丞光一度笑倒在沙發上。

「你煩死了，我不理你了啦！」

石渝安惱羞離開前，一把搶走桌上的鹹酥雞，不顧石丞光的抗議，直接奔回房間。

憤憤吃掉那包鹹酥雞後，石渝安稍微鬆了一口氣。

原本還在煩惱要不要把這份擔憂告訴巫浩璘，但石丞光的反應讓她打消這個念頭，相信自己多慮了。

滑手機時，她看到姜士詮分享新動態，是他的愛犬布布在公園的草地上奔跑的可愛影像。

想到瞿子勤今天說的話，石渝安深呼吸，回應這篇限動：「牠真的好可愛，叫什麼名字？」

姜士詮正好就在線上，不到一分鐘就回覆：「他叫布布，非常調皮，經常搞破壞。但每次看到牠傻乎乎的笑臉，就氣不起來了。」

石渝安再回：「我好像能理解。你今天傳給我的影片，我就重看好多遍，感覺整個人都被布布的笑容療癒了，那隻波斯貓也超可愛的。」

「她叫紅豆，個性比較冷淡，布布又特別喜歡去吵她，每次都被她打，超好笑。」

「想像那畫面就好有趣。紅豆長得好漂亮，有一種高貴的感覺，像是娃娃一樣，看得出她受到很用心的照顧。」

「聽妳這樣說真高興。其實紅豆原本是棄貓。我的舅舅是獸醫，以前有人把生病的紅豆丟棄在他的醫院門口，我舅舅努力把她搶救回來，後來我跟姊姊們就決定養她。」

「哇，那紅豆能遇到你們真是幸運。」

「我們也很幸運能遇到紅豆。我爸媽本來不喜歡貓，但紅豆來我家以後，他們會爭相吵著跟紅豆玩。還發生過他們一起出門購物，結果忘記買我們指定的東西，只帶回紅豆的飼料跟玩具，真的很誇張。」

石渝安發現瞿子勤說得一點也沒錯。

只要提到他養的寵物，姜士詮就變得比平時更健談，甚至主動對她分享這麼多。

兩人聊得熱絡時，石渝安聽見哥哥在門外叫她洗澡，驚覺時間居然快過去一個鐘頭，剛好這時姜士詮也表示他得去念書了，才結束這次的聊天。

洗澡時，石渝安的臉上藏不住笑意，內心的雀躍遲遲無法消散。

這是她第一次跟姜士詮聊得那麼久，並感覺姜士詮對她的說話方式變得更親近。她認為這是好的開始，甚至真正燃起了信心，覺得她要是照瞿子勤的建議繼續努力下去，也許真的有機會讓姜士詮喜歡上她。

哼著愉快的曲調回房間，石渝安發現手機螢幕有ＩＧ的訊息提示，以為姜士詮可能又傳訊息給她，開心地立刻拿起來看，下一秒笑容凍結在臉上。

眼前這支帳號及大頭照，怎麼看都是葛葳，她不可能認錯。

呆滯好幾秒，石渝安點開訊息，看著葛葳傳來的內容。

好，我們見面吧。

1月21日下午六點，來××捷運站旁的公園，那裡有座三角形的花圃，我在那邊等妳。

這兩行文字，讓石渝安一頭霧水，以為葛葳傳錯了人。

但就算傳錯，怎麼會傳到她這裡？這陣子她沒有在葛葳的ＩＧ留言，也沒有傳私人訊息給她，應該不可能是葛葳誤觸到別人的帳號……

如果妳不相信，我們可以直接見面，我願意當面跟妳說明清楚。

一道驚雷打入石渝安的腦海中。

她面色蒼白，心跳聲震耳欲聾，想起昨晚睡在李湘泉家時，她作了一個對葛葳說出真相的可怕噩夢……

難道，那不是夢？

她真的有把那則訊息傳給葛葳？

但如果真是這樣，為什麼訊息匣裡會沒有紀錄？

當她在極大的惶恐中慢慢想起，李湘泉昨天睡到一半似乎有醒過來，腦袋卻一片混亂無法辨別那是不是夢，於是打給李湘泉確認。

「對呀，昨晚我醒來，看到妳坐在床上，就叫了妳一下。妳說妳有點睡不著，所以看一下手機，然後就放下手機躺下來了。妳不記得了嗎？看來渝安妳睡迷糊囉。」李湘泉語帶笑意道。

石渝安萬念俱灰，在李湘泉的這段話中想起一切。

當時怒急攻心的她一將訊息送出，就聽見李湘泉的呼喚聲，並在對方起身關心她時，反手將訊息欄刪除，所以才沒留下紀錄。但實際上那條訊息還是有傳送到葛葳的ＩＧ裡。

石渝安雙唇發抖，急得快哭出來，知道自己這下真的完了。

再怎樣睡迷糊，她都不應該把這件事記錯。如今葛葳不僅知道一切，還決定在寒假前一天跟她見面，她該怎麼辦才好？

這晚她失眠到凌晨，好不容易睡著，也是噩夢連連。

早上八點多醒來，發現葛葳的訊息沒有從手機消失，石渝安的心再次沉入谷底。

如果這只是一場噩夢，該有多好？

她一臉陰鬱地坐在床上，耳邊傳來附近住戶施工的聲音，以及母親在客廳使用吸塵器的聲音。

今天是假日，這個時間石丞光已經去圖書館，家裡只剩她跟母親兩人。

逐漸憋不住的尿意，讓她硬著頭皮離開房間。洗漱完畢後，她回房間換好衣服，背上裝著教科書的包包，來到母親面前。

「我今天要去外面念書，隔壁施工太吵了，沒辦法專心。中餐我就在外面吃。」她的口氣平淡，眼睛沒有直視母親。

石母看她一眼，沒有起伏的回道：「晚餐前回來。」就繼續做家事，沒再多說一句。

離開家後，石渝安來到市區的速食店讀書，卻是對著教科書發呆，一個字都讀不進去。

在闖下不可收拾的大禍後，那種分不清是心虛還是罪惡感的心情，讓她只能從母親眼前落荒而逃，不知如何面對她。

如果葛葳說什麼都不肯原諒，結果會變成怎樣？要是母親得知是她對葛葳揭發這個祕密，她又該怎麼辦？

手機這時響了一聲，吳珣美傳ＩＧ訊息來，石渝安簡單回覆完後，竟見葛葳有新限動。

在收到那樣驚人的訊息後，葛葳會發布什麼樣的內容？石渝安忐忑不安，緊張到心悸，鼓起勇氣點開看，結果出乎她意料。

葛葳分享了一張將軍在書桌前陪伴她讀書的照片，讓大家知道她正在準備期末考，只是普通的日常照。不僅僅是這一天，後來的一週，葛葳發布的動態同樣很正常，也會親切回覆網友的問題，彷彿沒有因為那件事影響到心情。

儘管石渝安明白這不表示葛葳真的不在乎，但她一路表現出的若無其事，竟也讓石渝安的焦慮減少許多，甚至出現一絲樂觀的想法。

倘若她誠懇的向葛葳說明並道歉，也許葛葳會願意接受，同意不將她闖下的禍告訴葛父。

抱著這樣的期待，期末考結束的那天，石渝安謊稱要跟父親吃晚餐，婉拒了跟好友們去ＫＴＶ慶祝的邀請，獨自搭上捷運，前往跟葛葳約定的地方。

# PART 4

在捷運上收到石渝安的訊息，讓葛葳忘記原本的心事，整日都被這件事占據心思。

看過石渝安ＩＧ裡的每一張照片，葛葳隔天將見面的時間和地點回傳給對方，晚上也難得提早入睡，是近期睡得最好的一次。

翌日神清氣爽醒來，她聽見將軍在房門外的叫聲，便知道家人們都不在。吃過早餐後，她抱著將軍坐到書桌前，翻開教科書，用手機打開讀書用的音樂，開始準備下週的期末考。

跟石渝光見面的前一天晚上，葛父聽見她咳嗽，在葛母面前關心她是不是又感冒了，葛葳回答是髒空氣造成過敏性鼻炎發作，已經去看過醫生，吃過藥後就回房間繼續讀書。

一段時間沒跟女兒互動的葛母，這天深夜悄悄進到她的房間。

葛母來到睡著的葛葳身邊，伸手輕輕觸摸她臉上的肌膚，像在確認她是否有發燒。

幫她蓋好被子後，葛母站在原地看著她一會，就無聲無息地走出去。

聽見母親離開的關門聲，葛葳在黑暗中慢慢睜開眼睛。

＊＊＊

晚上六點，站在捷運站附近的公園入口，石渝安緊張到呼吸困難。

走進公園沒多久，她就看見一座三角形的花圃，並發現花圃旁的其中一盞路燈下，站著一名穿著別校高中制服的女生。

猜到那人就是葛葳，石渝安心跳如擂鼓，朝她緩步走近。

察覺有人靠近，正在看手機的葛葳抬頭對上她的眼睛，石渝安瞬間倒抽一口氣。

親眼見到葛葳的這一刻，她才發現本人比照片上更漂亮，也比她想的更高䠷，一不小心就看呆了。

「那個……」石渝安用乾啞的聲音開口。

「石渝安，對吧？」葛葳沒有起伏的問話，讓她用力點頭，葛葳朝四周望一圈，再問：「妳有沒有把這件事告訴別人？」

「沒有，妳爸跟我媽的事，我發誓我沒跟任何人說。」石渝安鄭重保證。

「我不是指這個。」葛葳語氣不變，「我說的是，妳有沒有把今天跟我見面的事告訴別人？」

石渝安愣了一下，不太明白她這麼問的用意，繼續否認，「當然沒有，我真的沒有讓第三個人知道。」

下一秒從葛葳眼底閃過的情緒，讓石渝安難以解讀，覺得那不像是慶幸，反而有點失落。

「妳想跟我說什麼？」葛葳回到沒有波動的眼神。

「我、我想為驚動到妳的事跟妳道歉，也想讓妳知道，我說的都是事實，不是胡說八道！」

「我知道妳不是胡說八道，問題是然後呢？」

「什麼？」

「妳告訴我這件事，接下來呢？妳要做什麼嗎？還是希望我能做什麼？」

石渝安被問懵了，隱隱覺得哪裡不太對勁。

葛葳此刻的態度，冷靜到讓她覺得不合理，彷彿對這件事並不意外。

石渝安怔怔問：「葛葳妳……本來就知道妳爸跟我媽有這樣的關係嗎？」

「是啊，很早就知道了。」她坦承不諱。

「什麼時候？」

「兩年前。」

石渝安不敢相信自己的耳朵。

兩年前，那時石父甚至還未從家裡搬出去。

居然在那個時候，石母就已經做出背叛家人的事了嗎？

「既然妳兩年前就知道了，為什麼沒想過阻止呢？」石渝安深感不解。

葛葳挑眉，「怎麼阻止？是告訴我媽，讓她跟我爸離婚？還是告訴我爸，讓他主動跟妳媽分手？」

石渝安再度被問懵，支支吾吾回道：「我、我也不知道，但至少不能讓這種情況繼續下去，不是嗎？」

「是啊。可是我發現，不管我選擇哪一種方式，都只有我家受到傷害，而妳家似乎沒什麼影響。我想妳能理解，這種事不會是單方面造成的。既然妳現在都知道了，那妳不妨也親口告訴妳媽媽，妳已經知道一切，請她立刻跟我爸分手，這樣才有意義，也比較公平；只要妳同意，我也會配合妳，叫我爸跟妳媽一刀兩斷。所以麻煩妳現在告訴我，妳打算在哪一天這麼做？」

石渝安腦袋空白，整個人僵站著不動，喉嚨發不出聲音。

「怎麼了？妳辦不到嗎？既然如此，那我恐怕也無法照妳所希望的去做喔。」

看著始終神色平靜的葛葳，石渝安感受到一股從未有過的惡寒。

葛葳原來是這樣的一個人嗎？

明明語氣十分溫和，可是此刻說出口的每個字，卻讓人漸漸喘不過氣，變得無法呼吸。

「所以……即使讓這種情況繼續下去，葛葳妳也無所謂？」她好不容易才找回自己的聲音。

「我的確無所謂。」葛葳淡淡說：「坦白告訴妳，我對妳媽媽的事一點都不關心，更從來沒有把她放在心上過。不管她會不會跟我爸走下去，我都沒什麼感覺，就只是一個沒有任何意義的陌生人而已。」

葛葳言談裡對石母的不屑一顧，刺激到了石渝安，忍不住衝口而出：「妳為什麼要這樣說話？妳的想法未免太奇怪了吧？」

「是這樣嗎？我反而覺得妳更奇怪。」

「我哪裡奇怪了？」

「我還是第一次看到，第三者的女兒跑來向正宮的女兒，主動揭發自己的母親外遇，這不像是正常人會做的事情吧？妳給我的訊息裡，說妳是我的粉絲，如果妳是想藉此接近我，因此不惜傷害妳媽媽，那就更可怕了。還是說，妳對妳媽媽有什麼深仇大恨，才這樣出賣她？」

石渝安臉色發青，雙唇發顫，回出蒼白的辯駁：「我、我才沒有……」

「真的沒有？我記得妳還有說，妳媽媽開了一個專門用來追蹤我的帳號，這就表示她沒有追蹤妳。換句話說，妳媽媽可能不怎麼關心妳，對嗎？」

見石渝安再度失聲，葛葳唇角微掀，「如果是真的，那妳因此對妳媽媽心懷怨恨，決定報復她，我就可以理解。只是既然如此，妳就別假惺惺站在為我們兩家人好的角度，義正詞嚴對我說教，還指控我的想法很奇怪，這樣很噁心，更會讓人懷疑妳究竟有何居心。」

葛葳嚴厲尖銳的指責，深深刺痛了石渝安的心。

強烈悲憤帶來的滿腔怒火，讓她攥緊拳頭，咬牙切齒說：「我看跟母親有深仇大恨的人，是葛葳妳才對吧？」

「妳說什麼？」葛葳表情微變。

「妳會在每年父親節在ＩＧ上發祝賀文，卻不會在母親節做一樣的事，更從來不提及妳媽媽。這是不是表示妳們的感情也相當不好？所以即使妳知道我媽跟妳爸外遇兩年，妳也無動於衷，更沒想過幫妳媽媽出氣。妳才是最假惺惺、最噁心的人吧？而且，妳憑什麼用那種瞧不起人的態度說我媽？就算妳媽媽長得漂亮，那又怎麼樣？妳爸還不是被我媽搶走了？

這就證明你們家根本沒什麼了不起的！」

一口氣吼完這些話，石渝安就被葛葳的冰冷眼神震懾，並恢復些許理智。

葛葳沒有反擊，更沒有發怒，唇角浮上一抹笑意。

「說得好。」

落下這句，葛葳直接走出公園，留下滿臉不知所措的她。

日子就在這場衝突之後，開始進入了寒假。

寒假第一天，石丞光踏上考場，石母三天都到現場陪考，彷彿擔心他又會亂吃東西，導致三年前的意外重演。

學測順利結束後，聽到石丞光表示挺有信心，石母很高興，當晚就帶著他和石渝安到石丞光喜歡的餐廳吃飯。

同樣自認考得不錯的巫浩璘跟李湘泉，過年前找石丞光跟石渝安去南投玩了三天兩夜，他們在九族文化村玩得不亦樂乎。

今年過年，大阿姨一家跟二阿姨到墾丁過年，不會跟他們一起過節，讓不想見到大阿姨的石渝安鬆了一口氣。

回來吃團圓飯的石父，與石母相處和諧，但石渝安知道父親仍沒有要搬回來，這樣的日子還是會持續下去。

過完年後，石渝安和三個好友一起參加王若妃的新片首映會，並在電影結束後跟來到現場的王若妃合照，將這份喜悅分享到網路上。

除此之外，石渝安也在這次的寒假中，得到第一次跟姜士詮出遊的機會。

她照著瞿子勤的建議，查到某個知名文創園區舉辦光影藝術展，就在某次用LINE跟男孩閒聊時，探問對方是否看過這個展覽，得知他還沒看過，她便表示本來後天要跟哥哥去看，卻被放鴿子，又找不到別人陪同，想問他有沒有興趣。結果男孩竟一口答應和她去看，讓石渝安在手機前開心尖叫，立刻上網訂下兩張門票。

那天兩人看完展覽後，他們坐在園區內的餐廳喝飲料，石渝安從背包裡拿出兩本小說，讓他帶回去給他的姊姊們看。

「謝謝妳特地帶出來。我發現妳跟我姊的喜好真的很合，她們現在都特別期待妳推薦的小說。為了感謝妳，開學後我找一天時間，帶布布跟妳見面好不好？」

「真的嗎？謝謝！」石滄安心中滿是驚喜，不僅能見到可愛的布布，還意外得到跟姜士詮第二次約會的機會。

「不用客氣啦，妳不僅熱心借一堆小說給我姊，還招待我看展覽，當然要好好報答妳才行。話說回來，這好像是我第一次跟學校的女同學一起來看展覽。」

「真的？你之前都沒跟其他女生這麼做？」她不敢置信。

「沒有啊，妳為什麼這麼驚訝？」男孩笑起來。

「因為……我聽聖芯說，你國中時有很多女生喜歡，所以我以為你可能經常跟女生相處。」

「邱聖芯說得太誇張了啦，我哪有很多女生喜歡？我常相處的女生就是我姊，在學校大都是跟男同學在一起。」他馬上澄清。

「是喔？那我很榮幸當第一個。身為朋友，希望你可以很快跟女朋友一起逛展覽。」石滄安故意開一個玩笑。

姜士詮停頓，苦笑，「恐怕有點難。」

「為什麼？因為你還沒有喜歡的對象？」她觀察男孩的臉色，小心探詢。

「不是。」他搖頭，坦言：「是因為我喜歡的對象，已經有男朋友了。」

石渝安在怔愣中想起瞿子勤的話。

『你們兩人的戀情，我覺得妳成功的機率比較高。』得知是這個理由，石渝安似乎也明白對方為何會這麼說。

或許瞿子勤認為，比起她的情況，姜士詮要追求一個已經有穩定對象的人，或許更困難吧？

縱然姜士詮有心儀對象令她難過，但此刻姜士詮願意對她坦承，更讓她覺得高興，因為這表示男孩對她的信任加深了。有了順利的第一步，她相信只要努力下去，走入男孩心裡的心願，終將會實現。

跟姜士詮度過愉快的時光，石渝安回到住家附近，看見一輛黑色轎車駛過路邊時，便敏感的繃緊神經。即使不是她心想的那輛車，眼睛仍會忍不住盯著看。

這些日子以來，無論是和李湘泉他們去南投觀光，還是跟好朋友們相聚，抑或是跟姜士詮出遊，石渝安都不曾真正忘記過葛葳的事。

那日跟葛葳鬧翻後，石渝安無時無刻不戒慎恐懼，深怕葛葳會在一氣之下，將自己去找她的事情告訴葛父，甚至讓這個消息傳進石母耳裡。

然而眼看寒假要結束了，身邊的一切都很和平。

石母沒有任何異狀，葛葳也持續在網路上分享平常的生活動態，彷彿她們之間的衝突根本沒有發生；石渝安生怕衝突一觸即發，造成嚴重的後果。如今石渝安一心盼望葛葳會繼續守著那天的祕密，讓事情就這麼過去，別再發生會讓她措手不及的意外。

回家後，石渝安懶洋洋坐在沙發上滑手機，傳訊息到好友的群組裡，約她們開學前一日出去逛街，結果三人過了許久才回應，並都表示那天不方便。

那時，石渝安才注意到一件事。

每天都會在群組裡聊天的好友們，這幾日似乎都沒什麼動靜，只是當時的她也未察覺到有什麼不對勁。

直到寒假最後一天晚上，石渝安在葛葳發表的最新貼文中，看見葛葳和邱聖芯、梁家純及吳珣美，四人一起出去遊玩的照片。

＊＊＊

跟石渝安見面後的某一日，葛葳坐在房間，一邊撫摸睡在她身邊的將軍，一邊觀看某個人的ＩＧ。

之前，她就在石渝安的ＩＧ照片上，發現她有三個經常在一起的好朋友。這天透過標注連結找出她們的帳號，葛葳看到她們四人昨天還去參加王若妃的新片首映會。

當葛葳觀察到，其中一名跟她髮型相似的女生，應該是她們的中心人物，再看見對方在限動分享一件新買下的水藍色包包，葛葳最後傳了一則私人訊息給她。

兩天後，背著那個包包的邱聖芯，來到跟葛葳相約見面的咖啡廳。

「嗨，聖芯。」葛葳親切跟她打招呼，噗哧一笑，「妳怎麼這麼喘？妳用跑的過來嗎？」

「對，我太興奮，不知不覺就用跑的。」邱聖芯手貼著起伏不定的胸口，滿臉通紅，「抱歉，我現在還是很激動。沒想到可以跟葛葳妳見面，我高興到昨晚完全睡不著。」

「妳太誇張啦，但我也很高興能跟妳見面。妳沒有跟別人說我們見面的事吧？」

「嗯，我沒告訴任何人。」

「對不起喔，因為曾經發生過我和新朋友見面，對方卻四處宣揚，結果對方友人頻頻傳訊息騷擾我的事，所以我對這種事有點敏感，希望妳不會介意。」葛葳語氣誠懇。

「妳不用道歉啦，我理解妳的心情，我不會對妳做這麼不禮貌的事！」邱聖芯認真保證。

「謝謝妳。」葛葳接著拿出跟她同款的白色包包，「妳看，今天我也背跟妳一樣的包包來了。託妳的福，我終於買到我喜歡的包包。昨天去妳說的那間店，老闆說這是最後一件，我差點就沒買到。」

「哇，那妳很幸運！」

「就是呀。不過真的很巧，就在我遲遲找不到滿意的包包，就隨手滑到妳的分享，簡直像是命中注定。但我更意外，沒想到我和妳會這麼聊得來，我已經很久沒有跟新朋友一口氣聊到半夜了。」

「我也很意外原來葛葳妳這麼健談，妳給人冰山美人的印象，所以我以為妳是個不多話的人。」

「那妳知道我本人其實很聒噪，覺得失望了嗎？」葛葳噘嘴。

「當然不會！」邱聖芯笑容滿面。

兩人一連聊好幾個小時，還意猶未盡，當日就約了下次見面的時間。

第三次見面時，葛葳主動對邱聖芯提起：「妳說妳的好朋友當中，有一個叫梁家純，一個叫吳珣美對吧？下次我們見面，要不要也找她們兩人一起來呢？」

「咦？可以嗎？」

「嗯，雖然我們也才認識不久，但我已經認為聖芯妳是值得深交的對象，也覺得妳的好朋友應該跟妳一樣。可以的話，我想要有多一點可以信賴的知心朋友。如果對方都是像妳一樣的人，我會很高興的。」

邱聖芯一臉感動，「好啊，那我下次就找她們來。不過……要不要再找我的另一個朋友？她叫石渝安，也是我的好朋友。」

「我知道呀，我看過妳們四人的照片，也聽妳介紹過她，但我還是希望下次可以先約妳們三人。可以嗎？」

邱聖芯沒多想就爽快答應了。

下一次的聚會，梁家純跟吳珣美見到葛葳本人，既興奮又激動，緊張到連話都說不好。

「我聽聖芯說她跟妳變成朋友，而且葛葳妳想約我們見面，還以為她在開玩笑，沒想到竟是真的。我到現在還是沒什麼真實感！」梁家純著迷地盯著葛葳美麗的五官。

「我也是，我全身都雞皮疙瘩，感覺像在作夢。葛葳妳本人真的更漂亮！」吳珣美滿臉通紅，目光也完全離不開葛葳。

「謝謝。因為聖芯說妳們是她最好的好朋友，所以我也想認識妳們，更希望也有機會當妳們的好朋友。」葛葳深深一笑。

「我們當然很樂意！不過，渝安也跟我們很好，而且她也非常喜歡葛葳妳，可不可以找她一起來呢？因為聖芯說，這次妳只約我們兩個，所以我們都還不好意思告訴她！」

吳珣美說完，邱聖芯跟梁家純都點點頭，期待得到葛葳的同意。

葛葳眼神忽而變得陰鬱，輕輕嘆一口氣，「抱歉，其實我不知道該不該對妳們說這些。坦白說，這次我讓聖芯只約妳們，有不得已的苦衷。」

「什麼苦衷？」邱聖芯好奇。

「我國中的時候，曾經遭到一位學姊的霸凌，對方做了很多讓我痛苦的事。我原以為我已經擺脫那份陰影，可是聖芯給我看石渝安的照片時，我真的嚇一大跳！因為她跟欺負我的那位學姊長得實在太像，當下我甚至全身發冷，還有心悸到想吐的感受，所以我不是故意不邀石渝安，希望妳們可以諒解。」

她們三人傻住，神情複雜地面面相覷，彷彿沒料到竟是這個原因。

「可是渝安她人很好，她不會做出那種事。真的！」吳珣美馬上說。

「對呀，我們可以保證。」梁家純附和。

「我知道，我也相信石渝安不會是那樣的人，只是我可能還需要一點時間調適心情，等我覺得沒問題了，再請妳們邀她來。希望妳們不會覺得我這樣很過分。」

「當然不會，這也是沒辦法的事呀。對不對？」邱聖芯看向梁家純和吳珣美，她們都表示認同。

「謝謝妳們願意體諒。我知道這樣做，可能會讓妳們對石渝安感到過意不去，所以跟我見面的事，不妨就先瞞著她。妳們也可以多多跟我分享她的事，讓我了解她，如果我覺得她真的是一個好人，對她的疙瘩或許就不會那麼深了。」

聞言，三人便開始對她大力分享。包括石渝安熱愛小說漫畫，有一個高三的哥哥，甚至連父母目前分居的事，都不吝告訴葛葳。

石渝安的事分享得差不多後，四人聊著聊著，突然開啟戀愛的話題。

「葛葳，如果問妳有沒有男朋友？妳會不會不高興？」吳珣美問。

「不會，我們已經是朋友，聊這個沒什麼。我沒有男朋友喔。」她坦然回答。

「那有喜歡的人嗎？」梁家純也發問。

葛葳沉默了一下，「現在沒有。」

「現在沒有，等於曾經有？你們沒有在一起嗎？」邱聖芯巧妙抓住重點。

「我們已經沒有見面，而且我也早就被對方甩了。」

「什麼？甩掉葛葳妳？誰那麼沒眼光？那個傢伙一定是腦袋有問題！」梁家純傻眼。

葛葳噗哧，「謝謝家純替我打抱不平，我感覺爽快多了。那妳們有交往對象嗎？」

「我們連喜歡的對象都沒有，對吧？」梁家純看向兩個好友。

「是沒有，但渝安有不是嗎？」

邱聖芯的回答，讓梁家純面露吃驚，吳珣美更是嚇一跳。

葛葳不動聲色回道：「石渝安有喜歡的人啊？」

「對呀，是我們隔壁班的男生，也是我的國中同學。」邱聖芯直白道。

「妳難道是說姜士詮？渝安喜歡他？真的嗎？她告訴妳的嗎？」梁家純雙眼瞪大。

「沒有，但我看得出來，他們兩人最近不是變得很親近？而且每次上體育課，渝安都會一直偷看他，所以我猜她絕對喜歡姜士詮。珣美跟渝安比較好，應該知道什麼吧？」

「咦？我不知道啊，渝安什麼都沒跟我說！」吳珣美尷尬撒謊。

葛葳的目光從她心虛的臉龐移開，佩服道：「聖芯能看出來真厲害。石渝安不告訴妳們，應該是覺得不好意思吧？」

「可能吧，但渝安若真的喜歡姜士詮，感覺會很辛苦。」梁家純皺眉。

「為什麼辛苦？對方不好追嗎？」葛葳好奇。

「可以這麼說，聖芯說他國中就很受女生歡迎，但至今好像都沒交女朋友，我猜他的標準說不定很高。」

「聽妳這麼說，我突然有點好奇這個人的長相。」她笑呵呵道。

「我給妳看他的照片！」邱聖芯立刻用手機找出姜士詮的ＩＧ，交給葛葳。

認真看了幾張姜士詮的照片，葛葳在其中一張停下，盯著跟男孩合照的一名成年男子，意外地說：「這個男人，我好像在昨晚播出的綜藝節目上看過，他是不是獸醫？」

邱聖芯點頭如搗蒜，「對，姜士詮的舅舅是一名獸醫，他偶爾會上節目。他的醫院在我家附近，每次我家咪咪生病，都是在他那裡治療，我也曾在那裡遇到姜士詮。他舅舅人很親切，看診也很細心，開的藥更是有效，所以許多飼主都相當推薦！」

「太好了，聖芯妳能告訴我那間醫院的名字嗎？我家的將軍這幾天不知為何突然食欲不振，吃藥也不見起色，正想給牠換一位醫生診治！」葛葳面露喜悅。

晚上回到家，葛葳看見弟弟蹲在將軍身邊，催促牠吃眼前的飼料。

「將軍還是沒食欲嗎？」她走過去，蹲下摸摸無精打采的將軍。

「對啊，沒吃幾口，感覺狀況越來越糟。什麼爛醫生！我明天要帶牠給別的醫生看。」男孩又氣又急，眼裡都是擔憂。

「我帶牠去吧，有人推薦我一間評價不錯的動物醫院，我已經預約了。」

「誰？妳朋友喔？」葛意均納悶看她。

「不是朋友。」葛葳否認，站起瞧瞧四周，「爸媽都還沒回來嗎？」

「爸還沒，他可能要加班吧？媽回來過，但是又出去了。她叫我們自己叫外送。」

「為什麼她回來過又出去？」

「可能公司有急事。媽跟坤成叔叔講完電話，就說要回公司處理一下事情。」

看見葛葳的臉色，男孩一愣，「幹麼？怎麼了？」

「沒事。我不餓，晚餐你叫你自己的就好。」她收起不小心洩漏的情緒，說完就回房間。

打開今日跟邱聖芯、梁家純，吳珣美建立的四人群組，葛葳傳了一句話：「今天跟妳們聊得太開心，回家後突然覺得好空虛，恨不得明天再跟妳們約。」

邱聖芯：當然可以再約，但我明天臨時要跟家人去宜蘭兩天，拜託葛葳等我回來，不然我會哭。

梁家純：謝謝葛葳，我今天也超開心，現在心情都還很激動，那就等聖芯回來後再約吧！

吳珣美：我也要謝謝葛葳的邀請，感覺今晚又會失眠到天亮。超期待下次見面！

回傳一張大愛心的貼圖，葛葳就離開群組，沒再多看一眼，接著找出姜士詮的IG，傳一則私人訊息給他。

隔天上午，葛葳帶著將軍來到診所，看見男孩站在門口等候。

對方發現她時，同樣一眼認出她，快步來到她眼前，「嗨，妳好，我是姜士詮。」

「我知道，真的很不好意思，還麻煩陪我來！」葛葳語帶感激。

「不會，我很明白寵物生病時的那種焦慮心情。交給我舅舅一定沒問題，妳放心好了。」他真誠地說。

昨晚葛葳給男孩的訊息裡，表示是邱聖芯推薦她來到這裡看診。但由於是初次前來，她總覺得不安，得知院長是他的舅舅，便決定親自向他打聽，希望更了解這間醫院，確保能夠放心把愛犬送來這裡治療。最後男孩不僅詳細為她介紹，還熱心地提議陪她看診。

治療結束後，男孩送她去捷運站，葛葳再次道謝：「其實我本來想找聖芯陪我，可是她跟家人去宜蘭了。多虧有你幫忙，我今天才不至於那麼焦慮，真的很謝謝你。」

「不客氣，能幫上忙就好，希望將軍這次可以順利康復。不過，我沒想到妳跟邱聖芯是朋友。昨晚看到妳的訊息，我還以為是詐騙。」他不好意思地笑。

「我們是最近變成朋友的，這件事目前還是個祕密，可以請你幫忙保密嗎？也希望你別告訴聖芯今天的事，我怕她會擔心。」

男孩一口答應。

經過這次治療，將軍順利康復，葛葳不僅跟姜士詮報告這個好消息，還分享將軍活力充沛到處奔跑的影片，兩人有了更多互動，最後也成了朋友。

同時，葛葳也每天和邱聖芯、梁家純及吳珣美在群組裡聊天，並邀她們出遊，讓彼此關係更親密，而且自始至終都沒同意讓石渝安加入她們。

開學前一天，她們四人又一同出來遊玩，拍下許多開心的合照。

回家後，葛葳在群組裡表示，想將今天拍的照片放到ＩＧ，跟網友分享她和她們三人在一起的愉快心情。但若她們認為這樣不妥，擔心會傷到石渝安，她也會予以尊重。

三人經過一分鐘的沉默後，給出了回應。

邱聖芯：沒關係，渝安應該可以理解，畢竟我們也不是故意要欺騙她。對吧？

梁家純：對呀，應該沒關係啦。我們會好好跟渝安解釋。

彷彿因為還在掙扎，而最晚回覆的吳珣美，最後也表示：我也沒關係。

葛葳臉上露出一抹微笑。

＊＊＊

開學當天，石渝安踏進教室，就看見邱聖芯跟梁家純被幾個女同學包圍住，問她們是怎麼跟葛葳認識的。

她放下書包坐下來，不久吳珣美也到了，一名女同學朝她跑去，雀躍道：「欸，珣美。妳居然跟葛葳變成好朋友，太厲害了吧？」她跟著轉頭納悶看向石渝安，「但為什麼葛葳的照片裡只有妳們三個，沒有渝安？妳們不都是一起的嗎？」

此話一出，吳珣美也剛好對上石渝安的眼睛，立刻低下頭，不敢看她。

聽見那位女同學的問話，邱聖芯跟梁家純這時也望了過來，兩人主動走向石渝安，找她去安靜的地方說話。

站在無人的穿堂，邱聖芯詳細跟她解釋與葛葳認識的經過，也把葛葳不讓她加入的原因告訴她。

「對不起，渝安。我們都知道葛葳拒絕妳的理由，對妳相當不公平，但我們也沒辦法。畢竟我們不能不顧葛葳的心情，強迫她讓妳加入啊。葛葳是因為從前被霸凌的陰影太深，才不得不這麼做，不是故意針對妳。我們都有努力讓葛葳對妳的印象變好，是真的！」邱聖芯緊握石渝安的手。

梁家純點頭附和，「葛葳還要我們多多分享妳的事，她真的很努力想接受妳，所以妳再給她一點時間，葛葳一定很快就能接納妳。抱歉現在才跟妳說，我們實在不知道怎麼跟妳開口，妳可以理解我們的苦衷吧？」

吳珣美沒有加入解釋，站在兩人身後，低頭沉默不語。

石渝安腦袋一片空白，心裡知道她們說的根本不是事實。

什麼被國中學姊霸凌，因心理陰影不得不拒絕她，都是葛葳捏造的謊言。

她相信葛葳一定是從她ＩＧ的照片，得知她有這三個好朋友，就蓄意接近她們，處心積慮拉攏，一步步將她排除在外，企圖離間她們的感情。

葛葳會這麼做的理由，也一定只有一個，就是寒假前的那場衝突。為了石渝安最後對她說的那些話，決定對她進行報復。

石渝安明明知道，卻還是深受巨大打擊。因為她意識到，她們三人真會因為葛葳的那些話，選擇隱瞞她至今，甚至同意葛葳公開只有她們四人的出遊照，這些事的背後意味著什麼。

她認為這才是葛葳真正想讓她體會的事。

「渝安，原諒我們好不好？妳不會真的生我們的氣吧？」

邱聖芯看似真摯的道歉，讓石渝安說不出一句埋怨的話。她點頭後，邱聖芯跟梁家純開心地用力抱住她，約她放學一起去逛街。

晚上，石渝安坐在書桌前，收到一條訊息。

「渝安，妳還好嗎？」

整日都沒主動跟她說話的吳珣美，這才捎來一句關心。

紅著眼眶盯著那句問候，石渝安回傳：「妳覺得呢？」

「對不起，我知道妳很生氣，但我真的不是故意要傷害妳。」

石渝安完全不想看到這些話，接著傳：「我現在不想聊。」就把手機調靜音，丟進抽屜，趴在桌上不動。

隔天，葛葳又發表新文章，是某間動物醫院的推薦文。

葛葳表示將軍在寒假期間生了病，病情遲遲沒好轉，朋友便介紹這間動物醫院給她。最後將軍順利康復，她也結交另一位善良熱心的好朋友，是院長的親戚。葛威還分享幾張她帶將軍回診時，跟那位好友的愛犬的合照。

看到葛葳燦笑抱在懷裡的黃金獵犬，石渝安認出是姜士詮的愛犬布布。

儘管姜士詮沒有出現在照片裡，知悉姜士詮的人，還是知道葛葳說的那位熱心好友就是他。而石渝安也從梁家純跟其他女同學的聊天內容中，得知介紹那間醫院給葛葳的人是邱聖芯。

先是她的三個好友，再來是姜士詮，石渝安這下更確定葛葳的目的。

她氣急敗壞地把吳珣美叫出來，質問：「葛葳是不是知道我喜歡姜士詮？」

吳珣美嚇一跳，「妳怎麼會知道？」

「家純說，葛葳叫妳們多多分享我的事給她聽，所以妳就把我喜歡姜士詮的事告訴她，對不對？」

「我沒有，不是我說的！」

「不是妳還有誰？知道我喜歡姜士詮的人就只有妳啊！」

「真的不是我，是聖芯說的。有次我們跟葛葳聊到戀愛話題，聖芯就主動提到妳，說她早就看出妳喜歡姜士詮，我當時也大吃一驚，更沒想到她會當著葛葳的面說出來。」

石渝安如遭雷擊，不敢相信邱聖芯竟會這麼做。

「妳們怎麼可以擅自把我的事告訴她？太過分了吧？」

「我、我也認為聖芯這樣做有點不妥，但她是為了讓葛葳可以早些接納妳，葛葳也是基於這理由才會讓我們分享，她們都是好意。」

「葛葳才不是什麼好意，她是想傷害我才故意這麼做！」

吳珣美的眼神透出驚訝跟困惑，「葛葳跟妳又無冤無仇，為什麼她要故意傷害妳？」

石渝安滿懷委屈，卻無法說出原因。傷心絕望的她，只能持續發出受傷的怒吼：「反正葛葳根本不是好人，她很有心機。不管怎樣，妳們都不該背著我做出這種事。妳們口口聲聲說沒有想傷害我，但做的每一件事都在傷害我。明明就是想巴結葛葳、想奉承她，還講得像是為我好，超級噁心。妳跟她們都一樣虛偽！」

這番尖銳的指控深深刺傷吳珣美的心，她當場眼眶泛紅，眼中映出悲憤。

「既然妳這麼想，那妳現在也到聖芯和家純面前，像這樣子大罵她們呀！為什麼妳每次都只對我發脾氣？是看我好欺負嗎？我就是喜歡葛葳，想親近她，跟她當好朋友，這有什麼錯？我也不希望事情變成這樣，但葛葳就是不喜歡妳，我有什麼辦法？妳不要每次對聖芯不滿，就把氣通通出到我身上；妳只會在私底下埋怨，對本人卻一句話都不敢吭，難道就不虛偽嗎？憑什麼只有我要當妳的出氣筒？我又不是妳的奴隸。妳有本事就對聖芯還有家純發飆，別再那麼假惺惺！」

吳珣美哽咽罵完就跑走，石渝安掉下眼淚，在原地哭得傷心欲絕。

回家路上，石丞光看見妹妹走在前方，叫她幾聲卻沒反應，便繞到她前方，就看見她紅腫的雙眼。

「石渝安，妳出了什麼事？」他愣住。

「沒事。」她啞聲應，下意識將頭壓低。

「幹麼？誰欺負妳？難不成媽又罵妳了？」

「不是啦。」

「那是跟同學吵架？」

見女孩沉默，他便確定是這個原因，「怎麼啦？為什麼吵架？跟哥哥說，快。」

「還不是因為葛葳——」

焦躁地脫口而出，又即刻打住，她緊咬下唇，淚水再度湧上。

石丞光看著她，「葛葳怎麼了？」

「沒有啦，你不要管我！」

匆匆抹掉滑下臉龐的眼淚，石渝安直接奔回家裡。

那天之後，石渝安跟吳珣美就沒再說話。

邱聖芯跟梁家純不知她們為何吵架，也沒辦法讓兩人和好，結果演變成有時石渝安跟邱聖芯及梁家純一起行動，有時則是吳珣美跟她們兩人一起行動。

這樣的模式，讓石渝安變得越來越不快樂。

在為葛葳的事對石渝安道歉後，邱聖芯和梁家純彷彿認為，石渝安已經默許這件事，漸漸開始會跟著葛葳在ＩＧ上分享她們四人聚會的動態。

吳珣美雖然也會這麼做，但她幾乎只是轉發其他三人有標記她的動態，不像那兩人會主動分享跟葛葳的一連串合照。

原本的四人群組，已經沒人在聊天。石渝安也沒有傻到感覺不到，邱聖芯跟梁家純依然積極參與跟葛葳的聚會，跟她聚會的次數卻越來越少，甚至只會在社群上分享跟葛葳的照片，不會分享跟她的合照。

石渝安越來越不快樂，整個人也變得沉默，每天吃完晚飯，就把自己關在房間。即使父親或李湘泉找她吃飯或出遊，她也沒有心情，選擇繼續待在家裡，留意著葛葳及好友們的動態，看她們今天又跑到哪裡去玩。

她深深討厭這樣的自己，卻又無法不去關注她們，就這麼一天一天陷入更深的黑暗裡。

直到某個男孩為她帶來一絲曙光。

某天姜士詮捎來訊息，問她週日是否有空？想讓她見布布。

看到男孩還記得答應過她的事，石渝安的眼眶瞬間就紅了，內心湧上久違的暖意。

知道葛葳去過他舅舅的動物醫院時，她曾私下問過姜士詮，對方坦率告訴她與葛葳認識的經過，還表示葛葳最初希望隱瞞她認識邱聖芯的事，所以他沒告訴任何人，不然他也想問石渝安，她跟葛葳是否也認識？

就算男孩說不定已經發現，她並沒有加入葛葳她們的一員，他也不曾對她提出疑問；哪怕他現在跟葛葳同樣是朋友，對她的態度也沒有變得敷衍跟冷淡，始終溫柔親切。石渝安為此深受感動，相信男孩跟吳珣美她們不同，不會輕易被葛葳的挑撥影響。

週日，她把自己打扮一番，滿心期待地出門，卻在路上接到姜士詮的緊急電話。

聽到男孩有突發狀況，無法前來，石渝安心中青天霹靂，卻也只能接受。約會取消後，失望的她沒有直接回家，選擇去逛書店散散心。

那天，石渝安是真心認為，連上天都想欺負她，才會偏偏讓她在情緒最低落的時候，看見那一幕。

當她準備坐捷運回家，就發現牽著布布的姜士詮，跟頭戴鴨舌帽的葛葳一起出現車站附近。

他們站在車站的入口，看起來相談甚歡。葛葳不知在他耳邊說了什麼悄悄話，姜士詮下一秒突然害羞地掩嘴笑起來，臉上的顏色紅得鮮明。

直到兩人道別各自離開，石渝安的目光才離開他們。

晚上姜士詮傳訊息給石渝安，卻一直沒收到她的回覆。隔天在學校，男孩把她找出來，為惹她生氣的事更鄭重的道歉。

「我沒有生氣，真的。」石渝安說。

「喔……因為妳一直沒有回我訊息，所以我想妳可能真的很生氣。昨天我要帶布布去找妳時，接到我大姊的電話，說紅豆從家裡跑出去，下落不明，我就趕緊回家找。找了幾個小時，才發現是烏龍一場，我二姊帶紅豆去她男友家，卻沒說一聲。我二姊後來被我們全家狠狠罵了一頓。」

「嗯，還好紅豆平安無事。」她抿抿唇，告訴他：「我昨天……看到你跟葛葳在車站見面。」

姜士詮愣了一下，點點頭，「嗯。昨天找到紅豆後，我爸要我跟他去車站接親戚，親戚的小孩很喜歡布布，我就帶著布布一起去，結果就在那裡遇到要搭捷運回家的葛葳。」

話落，他像是意識到什麼，更認真地保證：「石渝安，我沒有騙妳，我是說真的！」

「我知道，我相信你。只是有一件事……我有點想不通。」

「什麼事？」

「你說你有喜歡的人，可是昨天看你跟葛葳相處的模樣，我覺得好曖昧。明明有喜歡的人，為什麼還可以對別的女生露出那種表情呢？我有點無法理解。」

姜士詮當場被她問得驚愣住，看她的眼神漸漸出現從未有過的陌生情緒。

「……什麼意思？」他擰起眉頭，「妳在質疑我嗎？」

石渝安知道自己的腦袋已經不正常了。

即使昨天親眼看見他們在一起，她也不認為姜士詮是為了葛葳而欺騙她，也沒有為此受到打擊。

真正傷石渝安至深的，是姜士詮會對葛葳露出那樣的笑臉，以及他們站在一塊的樣子，看起來是那麼樣的相配，直接就讓她清醒過來。

排山倒海的自卑，以及對葛葳那可笑的嫉妒，吞沒她最後的理智。更讓她忍不住將這一路上所面對的打擊，在最糟糕的時刻，以最糟糕的方式，讓最不該承受的人去承受。

「我只是覺得這樣真的很奇怪，你那樣的態度，會讓人懷疑你喜歡葛葳。還是你確實已經喜歡上她，只是不敢承認？怕我會覺得你對那個人的感情，只有這點程度，是容易移情別戀的人？」

內心的石渝安不斷叫她停下，可嘴巴就是停不了，像是被魔鬼附身一般。

姜士詮盯著她許久，一個字都沒有再說，直接掉頭就走。

她跟男孩的情誼，就這樣親手被她葬送掉了。

打掃時間，邱聖芯跟梁家純跑到外掃區找她，希望能將放學後一起逛夜市的約定改期，理由是兩人的家裡都有急事。

石渝安深深看她們一眼，用掃把繼續清掃地上的落葉，「應該是葛葳突然找妳們，妳們才想改期吧？沒關係，那妳們去吧。」

兩人當場怔住，邱聖芯笑容尷尬，「渝安，妳怎麼這樣講？我們不是要去找葛葳的啦。」

「可能吧，反正今晚看妳們發布什麼動態，就能知道了。」

石渝安的話中帶刺，引起梁家純強烈的不滿，當場開罵：「石渝安，妳講話幹麼這麼酸？我們有得罪妳嗎？妳不要因為嫉妒我們跟葛葳要好，就陰陽怪氣的。感覺很不舒服！」

「誰嫉妒妳們？我是心寒！」石渝安大叫，瞬間淚眼模糊，「我知道妳們現在心裡只有葛葳，所以嫌我麻煩，那就別再假惺惺了。妳們就是吃定我不敢生氣，才這樣對我的吧？別以為我不清楚妳們在想什麼！」

「我們在想什麼？妳講啊。妳對我們有什麼不滿，現在就把話說清楚！」梁家純憤怒道。

「好啊，講就講。我不滿妳老是巴結聖芯的嘴臉，把她的話當聖旨，覺得她的感受最重要，不許我們有意見。每次看到妳用力稱讚她、奉承她的樣子，我都覺得超蠢。把自己弄得像是邱聖芯的小跟班，對她說那些花言巧語，到底有什麼意思？妳真的覺得這樣很值得驕傲嗎？」

梁家純臉色鐵青，邱聖芯氣得跳出來幫她說話：「石渝安，妳太過分了！怎麼可以這樣說？」

「為什麼不可以？妳才是最過分的那個人。三人當中，我最討厭的就是妳。不管做什麼，我們都要看妳的臉色。不過是順著妳的意，妳就真以為自己是公主，認為全世界都該圍著妳轉嗎？」

石渝安淚流滿面怒視她，激動控訴：「經過葛葳的事，我更確定妳就是一個愛慕虛榮，不懂尊重兩個字怎麼寫的人。妳憑什麼把我喜歡姜士詮的事說出來？如果我隨隨便便對別人公開妳的祕密？妳會高興嗎？妳為了討好葛葳，就不惜這樣出賣我？還是妳認為得到葛葳的信賴，就能享受高人一等的優越感？葛葳不過是給妳一個甜頭，妳就對她掏心掏肺，卻不知自己只是被利用的道具，簡直傻得可以！」

「石渝安，妳說夠了沒有！」梁家純大吼。

「當然不夠！怎麼？我說這些話，很傷妳們的自尊嗎？妳們傷害我的才叫多！妳們知道，我最難過的是什麼嗎？不是葛葳不讓我加入妳們，而是妳們明知道有些事一旦做出來，就一定會傷害到我，可妳們還是選擇這麼做了；妳們的選擇，讓我徹底明白我對妳們來說有多麼不重要，甚至還以為我不敢對妳們怎樣，所以現在變得更可惡，連演都不想再演了。把人當垃圾踐踏也該有個限度吧？跟妳們這種人當朋友，是我最後悔的事。妳們就去葛葳的身邊，等她發現妳們已經沒有利用價值，我看她還會不會理妳們！」

石渝安哭著說完這些，那兩人也哭了起來。彼此的情誼蕩然無存。

那天放學，石渝安不想馬上回家，便在外頭四處遊蕩，最後來到一座運動公園。

天色暗下，四周路燈亮起，運動場上出現零星打籃球跟跑步的民眾。

石渝安抱膝坐在外圍的階梯，忽然聽見有人叫她，抬頭看見來人，她驚訝地張開嘴巴。

「妳在這裡做什麼？」穿著運動外套跟牛仔褲的瞿子勤，歪頭看她。

「你……你又怎麼會在這裡？」

「我出門買東西啊，我家就在附近。」他舉起手中的購物袋，「我路過看見我們學校的女生坐在這裡，覺得好奇，沒想到居然是妳。妳家也在這裡嗎？」

「沒有，我隨便繞繞，不小心就繞得有點遠。」她尷尬地說。

「是喔？那妳別待太晚，這邊的路燈沒有很亮。要注意安全。」

「好，謝謝。」

原以為男孩接著就要走，結果他卻在她身旁坐下，還從袋子裡拿出一罐熱飲請她喝。

「妳跟姜士詮吵架了喔？」

石渝安一凜，低下頭，眼睛不敢看他。

「他告訴你的嗎？」

「對啊，但他沒說你們為何吵架。如果沒有很嚴重，應該很快能和好。」

「我想應該沒辦法了，因為我對他說了非常過分的話。」石渝安眼眶濕潤，膝蓋抱得更緊，「對不起，明明你特地給我建議，我卻辜負你的好意，還傷害你的朋友。我沒臉見你。」

「不會啦，我相信妳不是故意的，畢竟妳現在看起來很難過。喝完飲料後，再打起精神。沒事的。」

瞿子勤的安慰，舒緩一些石渝安的鬱悶情緒，也讓她忍不住淚水，將臉埋進雙臂裡，壓抑著聲音啜泣。

男孩陪伴她半個小時，再送她離開運動公園。

幾天後，石渝安為了排解鬱悶心情，決定搭乘捷運到一間大型書店大逛特逛，並買幾本小說回家。

等捷運時，她接到母親的電話，賣場同事臨時跟她調班，所以晚上不會煮飯，要她自己買東西吃，順便幫忙買一些民生用品回去。

「那哥呢？」

「你哥說他要去浩璘家。妳晚餐可別吃雞排或泡麵什麼的，少吃些不營養的東西，聽到沒有？」

「聽到了啦。」

掛掉電話後，石渝安嘆一口氣，目光不經意瞥到站在附近的一個熟悉人影。

是石丞光。

發現他站在跟她相反方向的月台，石渝安心中納悶。

石母說他要去巫浩璘家，但要去對方家，明明就不是搭那條線。

對面的捷運進站後，石渝安鬼使神差地尾隨哥哥的腳步，跟他搭上同一班車，她沒有上前叫他，而是先傳訊息給巫浩璘，問他今天跟哥哥是否有約。

看到巫浩璘回傳否認的訊息，石渝安更加確定有問題。

她還沒忘記曾在石丞光的房間裡發現的事，也一直懷疑他說不定有女友，如今突然有了或許可以揭曉答案的機會，她說什麼也不願錯過。

然而，當她跟著哥哥走出捷運站，往某個方向前行，這一條熟悉的路徑讓她覺得越來越不對勁。

有三角形花圃的這座公園，為什麼石丞光會來這裡？

當她最後看見，哥哥直接走往盪鞦韆的區域，站在某個背著書包的女高中生面前。

石渝安悄悄來到靠近兩人的位置，看清女孩的長相，不敢相信自己的眼睛。居然是葛葳。

一時之間，她完全無法理解這兩人同時出現在這裡的理由，只聯想到可能是之前她在傷心難過的時候，不小心對石丞光提到葛葳的名字，於是他想辦法找出對方，決定為妹妹討個公道。

當她幾乎真心這麼認為時，葛葳下一秒開口對哥哥說的第一句話，卻徹底顛覆她的想像。

「石丞光，好久不見。」

# PART 5

四人臨時聚會的那晚，邱聖芯跟梁家純悶悶不樂地告訴葛葳，她們今天跟石渝安大吵一架，已經徹底決裂。

兩人委屈道出石渝安因為嫉妒對她們說了多麼過分的話，又是怎樣污衊葛葳。梁家純也表示有人看到石渝安跟姜士詮疑似起衝突。連那樣好脾氣的姜士詮都能被惹怒，足以證明石渝安人品有問題，根本不值得深交，後悔沒能像吳珣美一樣早點認清她。

葛葳的安慰，讓兩人的心情轉好，回到櫃檯點蛋糕吃。

發現吳珣美彷彿有心事，葛葳問：「珣美，妳怎麼了？妳在想石渝安的事嗎？」

「沒有啊。」她心虛搖頭。

「沒關係啦，畢竟妳們過去很好。即使被她傷害，心裡還是忍不住為她擔心難過，這種感覺我懂。」

吳珣美的眼眶染紅，哽咽說：「其實……不能完全怪渝安，是我們傷她太深了。」

「對不起，都是我讓妳們的關係變成這樣。」

「不是葛葳的錯，我沒有在怪妳！」她連忙澄清。

「嗯，謝謝妳。但坦白說，我現在有點羨慕石渝安。」

「為什麼？」她意外。

「即使事情變成這樣，仍然有珣美妳為她心痛，所以我羨慕她。」

葛葳真心說出這句，桌上的手機就響起聲音，有一封新簡訊。

發現葛葳盯著手機不動，眼神出現一絲柔軟，吳珣美好奇，「怎麼了？」

「沒事，以前的朋友突然聯繫我。」她輕描淡寫，拿起桌上的熱奶茶喝幾口，唇邊漾起似有若無的笑意。

三天後，捷運站旁邊的公園。葛葳走到鞦韆區，跟她約定的那個人也在不久後抵達。

她凝視對方的臉，打破沉默，「石丞光，好久不見。」

「好久不見。」石丞光進入正題，「我有事要問妳。」

「欸，好歹兩年沒見，你怎麼連個關心的問候也沒有？真是冷淡。」

對方認真的神態，讓葛葳不再繞圈子，「你想問石渝安的事吧？」

「妳有跟我妹接觸？」

「她沒告訴你嗎？」

「沒有，前陣子她不太對勁。我問她，她就突然提到妳的名字，卻什麼也沒再說，之後她就每天把自己關在房間裡，假日也不再跟朋友出去。這事真的跟妳有關？難道妳有跟她見面？」

「嗯，有見過，而且也是在這裡。」

葛葳對愣住的石丞光說：「我先聲明，是你妹自己找上我，不是我主動靠近她。」

「為什麼她要找妳？」

「她知道了你媽和我爸的事，還目睹他們在一起。石渝安本來就有在關注我經營的社群，她應該是事先從我分享的照片得知我爸的長相，才會發現你媽跟我爸的關係，還傳這樣的訊息給我。」葛葳掏出手機，調出那則訊息的截圖照給他看。

讀完妹妹寫給葛葳的內容，石丞光深深皺眉，陷入沉默。

「所以妳就真的答應跟她見面？是妳對她說了什麼，她才會變成那樣嗎？」

「應該是吧。我很好奇她打算怎麼做，就跟她見面，結果她讓我非常失望。石渝安搞不清狀況就算了，明明她自己也沒勇氣去改變什麼，卻還理所當然的質疑我。我很火大，就狠酸她一番，她也直接踩我地雷。既然她敢挑釁我，我就認真回敬，讓她為自己說的話付出代價。」

石丞光神情嚴肅，「不管渝安跟妳說了什麼，我都相信她不是故意要傷害妳。我替她跟妳道歉，請妳別再做出傷害她的事。那傢伙最近的狀況真的很糟，我不想再看她那個樣子。」

葛葳點點頭，「你放心，看在你的面子上，我也沒打算繼續。我只是想讓石渝安明白一件事，她現在過的安穩生活，不是直接從天上掉下來，希望她別再那麼天真跟自以為是。」

半分鐘過去，葛葳再度打破沉默，「我有猜到，要是石渝安跟你哭訴，你說不定會聯繫我，但我沒想到你是傳手機簡訊，你一直記得我的電話嗎？」

「嗯，還沒忘記。我想妳應該早就封鎖我，就沒用LINE找妳。」

「為什麼你覺得我已經封鎖你？明明是你封鎖我吧？」

「因為妳後來就沒再傳訊息給我了。」

「那不是當然的嗎？是你叫我別再跟你聯絡的。被你那樣推開，你覺得我有辦法再這麼做嗎？我也是有自尊的耶！」葛葳的聲音出現一絲起伏。

石丞光的目光停在她臉上，「嗯，對不起。」

葛葳眼角微微抽動，咬唇，「所以你沒有封鎖我？」

「沒有。」

「但就算我們恢復聯繫，你也不會高興吧？」

對方的沉默，讓她知道了答案，她深呼吸，故作從容道：「那就沒差了。我確實當年就已經封鎖你，因為我真的很氣你。雖然不想在這種情況下跟你重逢，可再見到你還是不錯。很高興你好好的，我們應該不會再見面了，你好好保重。」

「葛葳！」石丞光叫住走掉的葛葳，對著她的背影問：「妳過得還好嗎？」

他的一句關心，瞬間讓葛葳紅了眼睛。

「我前面說的話是開玩笑的，你不必真的勉強自己關心我。」

冷冷丟下這句，葛葳頭也不回地離開。

＊＊＊

從公園回來後，還處在巨大震驚中的石渝安窩在房間，腦袋裡全是石丞光跟葛葳的對話，並想通一件事。

當她之前在石丞光面前說出葛葳的名字，他不是問她：「葛葳是誰？」，而是問：「葛葳怎麼了？」這句回答，其實就洩漏他們認識的事實。

不碰任何社群，連全臺知名度最高的女明星都不認識的石丞光，卻會知道人氣遠不及對方的網紅葛葳，這點就相當不合理。

但是這些事都已經無所謂了。

如今石渝安只在乎，石丞光明明早就認識葛葳，而且兩年前就知道一切，卻將她蒙在鼓裡，跟著葛葳一起隱瞞她，甚至默許這種事，難道他都不在乎她跟父親的心情嗎？

石渝安傷心的掉下眼淚。接連遭到身邊的人背叛的打擊，讓她的眼神漸漸變得陰冷跟狠戾，內心燃起前所未有的熾烈怒火。

她沒有直接找石丞光撕破臉，而是繼續裝作不知情。

那時即將進入四月，石丞光的個人申請入學第一階段放榜，順利通過臺大數學系的門檻。石母沉浸在喜悅裡，經常笑口常開，提醒他用心準備五月繳交的審查資料。彷彿放下心中重擔的她，不再像之前一樣每天緊迫盯人的監督兒子。

石父想幫兒子慶祝，週末找了兩兄妹一起吃飯，石渝安卻找藉口待在家裡。因為她不想跟哥哥相處，更沒有想為他慶祝的心情。

關在房裡的她沒做其他事，就只盯著手機，搜尋葛葳的負評文章。

一日一日不厭其煩地看，有一天，某篇內容引起她的注意。抽絲剝繭調查後，發現發文者是跟她同校同屆的女學生。

石渝安當天就透過社群聯繫上這位國中與葛葳同校，名字叫李雅芹的女生，兩人週末在線上聊，星期一放學在學校附近的飲料店見面。

石滻安將石丞光之前送她的《穿越時空的落難王妃》漫畫全數贈予對方，李雅芹抱著那套漫畫開心說：「我想要這部好久了，妳真的願意割愛？」

「對呀，妳答應讓我看那張照片，我也想給妳謝禮。這套漫畫我已經看完，送妳沒關係！」

「謝謝，妳人真好，那我現在也給妳看照片。」李雅芹掏出手機，操作幾下就交給她。

盯著照片，石滻安心跳加速，「這真的是葛葳寫的？」

「對，知道那件事的人傳給我的，剛好我還沒刪掉。」

「即使已經聽妳說過，我還是覺得難以置信，沒想到葛葳會這樣，太可怕了。」

「就是啊，妳不覺得她根本就是在傷害真正的受害者嗎？不知道她到底把別人的痛苦當成什麼了？我真的覺得她這個人很有心機，感覺隨時都會再利用自己的優勢去傷害別人！」李雅芹不齒地說。

石渝安向她索要這張照片，承諾會保密這張照片的來源，最後得到對方的同意。

那天葛葳對石丞光說的話，在石渝安的心中埋下了復仇的種子。

她的母親、她最好的朋友、她喜歡的人，如今就連她的哥哥，也都被葛葳奪走了。就因為她反擊了葛葳，葛葳就摧毀她的世界，讓她變得一無所有，這一點都不公平。

如果這是她傷害葛葳的代價，那麼同樣深深傷害了她的葛葳，卻什麼懲罰也沒有，她絕對無法接受。

無論如何，她都不甘心就這麼被葛葳欺負，更不甘心對方在她人生最黑暗的這個時刻，還能若無其事過著幸福快樂的生活，享受那些她不配得到的一切。

於是，在跟李雅芹見面的兩天後，石渝安辦了一個匿名帳號，在全國知名度高的學生論壇發表一篇有關葛葳的文章。

隔日，那篇文章登上當天的熱門搜尋榜。

＊＊＊

【某25萬粉絲高中生網紅不為人知的一面】

在這裡以A這個稱呼這位網紅。

一位國中跟A同校的朋友告訴我，A國二時曾經指控同校的一名男老師對她性騷擾，學校展開調查後，發現還有三名受害者，而且證據確鑿，最後這名老師遭到解雇，被趕出學校。

很多人都認為A很了不起，說她很勇敢，但事實似乎不是這樣。其中一位受害者是A的朋友，男老師被趕走後，A跟她坦承，男老師性騷擾她的事，其實是她捏造的。A還洋洋得意的對朋友強調，因為是她跟學校舉報，校方才會重視這件事，彷彿認為朋友應該對她心存感激。

雖然朋友確實感謝A讓她擺脫那位狼師，但A的言論卻也讓她很受傷，覺得A的意思像是，如果反應的人是她，學校就不會理會。後來朋友受不了A持續擺出這種態度，跟A吵架絕交了。

A曾給這位朋友寫一封信，內容就有提到她誣陷這位老師的事。兩人絕交後，這封信不小心流出去，有人罵這朋友不知感恩，還對她進行人身攻擊，讓朋友難過到天天哭泣，最後還生了病，決定轉學。

雖然那個老師確實有性騷擾女學生，但A捏造出這種謊言，沒有半點心虛，理所當然接受大家的讚美，還用高高在上的態度傷害真正的受害者，甚至當朋友因為她被嘲笑批評，也只是冷眼旁觀。你們認為這樣是正確的嗎？

最後附上那封信的翻拍照，證明這件事並不是「誣陷」。

起床看見那篇文章的回應數，石渝安呆住了。

僅一個晚上，她的文章就登上論壇的熱門前十名，回應數跟轉貼數也已經快破百，而且還在持續增加中。

許多網友都猜出A的身分，還有同樣知曉這起事件的人紛紛留言響應，並且展開激辯。

「A就是葛葳！那個狼師的名字叫曹辛平，當年是我的班導。他形象很好，很受學生愛戴，被爆出猥褻女學生時，我們都不敢相信。我記得他承認對其他三名女學生下手，但就是不肯承認葛葳的指控。我當時不懂他還在掙扎什麼，看完這篇爆料才知道原因，居然有這個內幕！」

「我是葛葳的國中同學，我也要補充。當年的三名受害者都是個性內向懦弱的乖乖牌，每個都受害長達一年，這證明曹辛平是故意挑這種不敢輕易聲張的類型下手。若不是葛葳揭發，恐怕至今都不會有人知道他的惡行，所以我支持葛葳的做法，哪怕她是誣陷。」

「我也可以接受葛葳為了讓狼師受制裁而這麼做，畢竟不是每個受害者都有勇氣揭發，但她對朋友說這種話就非常差勁，太傲慢了。會讓人覺得她這麼做其實是為了自我滿足，根本不是真心想救朋友。」

「不能認同A。照這篇文章的敘述，A應該是認為校方會相信她的話，那她直接替朋友陳述事實就好，何必還要做這種誣告？所以我認為A其心可議。」

「我也覺得A非常糟糕。先不論她的動機為何，一個國中生，會想到用這種方法陷害大人，還沾沾自喜，大家真的認為這樣沒問題？要是她發現這麼做可以獲得好處，說不定有一天就會去陷害無辜的人。若真有人的人生因此被毀掉，誰能負責？應該立刻將A送去矯正才對！」

「看完超火大，我跟我妹都是性騷擾的受害者，我絕對無法原諒這種利用受害者的痛苦博取關注，還得意洋洋的死小孩。應該讓她被狠狠撻伐，重新學會怎麼做人。」

某些激烈的留言，讓石渝安忽而背脊一片發涼，心跳加速。

情況似乎開始超出她的預期。

她想給葛葳一個迎頭痛擊，因此決定將她認為最有可能傷害到對方的醜聞公開。但她也認為，畢竟是兩年前的事，全臺認識葛葳的網友也僅占少數，能激起的水花應該不大，但只要這些水花足以讓葛葳感到困擾，感受到她的一半痛苦，那就夠了。

孰料，她投下的這枚石子，激起的不是水花，而是滔天巨浪。

其他知悉這起事件，並加以補充的網友，讓原本只是路過看熱鬧的網友，都對這件事有一定程度的了解。有些內容甚至連石渝安都不曉得，也漸漸分不清網友說的話是事實，還是經過竄改跟捏造的自我解讀。

這篇文章引發的效應，沒讓葛葳的追蹤人數減少，反而還增加。最新照片底下的留言，更是從本來的一百多爆增到五百多，但內容幾乎都是謾罵跟羞辱。

看到有不理性的網友對葛葳發出不堪入目的惡毒言論，甚至揚言要去學校傷害她，石渝安雙唇發顫，打從心底開始感到恐懼。

在情況徹底失控前，她決定將文章從論壇上刪除。然而，早有網友已經動手截圖，原文消失不久，很快就有人重新上傳，導致話題持續延燒。

石渝安惶惶不安的走進教室，發現不少同學都在討論那篇文章。邱聖芯、梁家純及吳珣美更是被幾個女生包圍，神色都很凝重。

豎耳側聽幾句，石渝安才知道網友不只攻擊葛葳，連跟葛葳親近的她們也不放過，目前三人都已經將ＩＧ緊急關閉。

但葛葳沒有關閉ＩＧ，也沒有關閉留言，更沒有發布任何澄清的消息，只默默刪掉她跟其他人的合照，包括邱聖芯她們三人，以及葛父的。

到了放學，葛葳ＩＧ的留言數仍在持續攀升，沒有停止的跡象。

隔天，石渝安因為那篇爆料文章，被學校約談。

＊＊＊

「姊，妳有看到這篇文章嗎？我同學一直來問我欸！」

中午葛意均傳來訊息，內容有那篇爆料文章的連結。葛葳沒有回應，繼續默默吃午餐。

今早醒來，她發現手機的訊息突然暴增，看到別人傳給她的連結，才知道發生什麼事。讀完爆料文章的內容，以及部分網友的留言，她久久不動，在家人起床前就出門上學，日常行程沒有受到影響。

收到弟弟的訊息不久，葛母突然也捎來訊息，說今天放學會去接她。葛葳表示已經有約，葛母堅持在附近等她，態度強硬。

跟邱聖芯她們在上次聚會的地方碰面，三人都憂心忡忡表達關心。

「我沒事，不用擔心。抱歉害妳們被網友騷擾。我已經先把妳們的照片跟帳號連結全部刪除，不讓他們繼續亂遷怒，希望可以把傷害降到最低。」葛葳真誠地說。

「沒關係，我們只受到一點波及，沒那麼嚴重。但葛葳妳要不要也先關帳，等風波過去再打開？不然一直有網友跑去攻擊妳。」邱聖芯建議道。

吳珣美也說：「對呀，還有人放話威脅妳，真的好可怕。我們很擔心妳的安危。」

「寫那篇文的人真的很可惡，怎麼可以隨便造謠？葛葳妳放心，我們相信妳。」梁家純為她打氣。

「不是造謠喔。」葛葳看著她們，「那篇爆料文的內容跟事實有出入，但我以前的確有故意陷害老師，而且一點也不後悔。要是時光重來，我想我還是會選擇那麼做。」

三人呆愣住，臉上神情複雜，陷入尷尬的沉默。

從玻璃窗看見停在對街的白色轎車，葛葳喝完杯裡的果汁，淡淡告訴她們：「如果妳們跟我在一起被看見，又會遭到批評，所以今天過後暫時別見面比較好；要是妳們無法接受我的行為，決定跟我保持距離，我也會尊重的。我媽的車在外面，我先走了。妳們好好保重。」

葛葳直接走出店裡，坐上白色轎車，車子迅速離去。

葛母握著方向盤，溫聲開口：「先去吃點東西吧。妳想吃什麼？」

「不用了，有話就直接說吧。」

過一會兒，葛母打方向燈，將車停在路邊，開口：「意均今天給我看一篇網路文章，內容提到曹辛平老師的事。妳知道嗎？」

「知道，所以呢？」

「我不是故意要懷疑妳，但那張照片裡的信，筆跡看起來確實跟妳的很像，所以我想確認……」

「那封信是我寫的，當年我的確誣陷曹辛平老師。怎麼了嗎？」葛葳直言不諱。

葛母震驚，她深呼吸，努力沉住氣。「所以，妳果然是為了妳朋友那麼做？妳知不知道這是不對的？」

「我知道啊。但曹辛平老師當年會被定罪，是因為他對那三名受害者下手的證據有被找到。我的指控則因為證據不足，沒有成立，他沒有因為我多一條罪名。」

「不是這個問題！妳難道還不曉得事情的嚴重性？妳可以告訴其他老師，或是告訴我，讓大人去處理。為什麼要誣告？這是犯罪，妳知道嗎？」

「我當然知道，可是我別無選擇。」

「什麼叫別無選擇？妳怎麼會沒有選擇？妳把話說清楚。」

「我朋友在被曹辛平老師傷害後，寫過一次求救信給我們班導，但沒得到回應。我去問班導，他說沒收到信，還警告我們沒證據不許亂說，否則就要重罰我們。他跟曹辛平老師是好朋友，就選擇包庇對方，幫他掩蓋罪行，對受害者的痛苦視若無睹。」

葛葳迎上母親的眼睛，「妳說我可以告訴其他老師，我有說，結果得到的是這種回應。告訴媽媽妳？那就更沒意義。妳連我都保護不了，要我怎麼相信妳？就是因為沒有可以信任的大人，我才決定自己解決。只要看到曹辛平老師跟班導的行為，我就會想起妳跟坤成叔叔對我做的事，無論如何都無法容忍這樣的人繼續逍遙法外。我保護不了過去的自己，至少可以保護我朋友，也等於是為我自己出口氣！」

葛母啞然，重重閉上眼睛，耐著性子說：「葳葳，這不是我們現在談論的重點，妳別突然又把坤成叔叔扯進來。我知道我們深深傷害了妳，可妳再痛苦，也不可以拿我們的事，當作妳犯錯的藉口。這是不對的！」

這句話讓葛葳的理智斷線，愣愣看向她。

「妳現在是以什麼立場告訴我這些？一個替自己跟情人感到委屈的女人？還是一個真心在擔憂孩子的媽媽？」

「妳怎麼能這樣問？媽媽當然是真的在擔心妳！」葛母激動得紅了眼眶。

「是這樣嗎？妳只知道責備我，卻從不會站在我這一邊。」

「妳做了不對的事，而且不知道反省，還想要我站在妳這一邊？」

「對，妳本來就該這樣，因為這是妳欠我的！」

葛葳突然崩潰尖叫，眼底的冰冷破碎，迅速被淚水淹沒。

望著全身發抖、淚流滿面的女兒，葛母震懾得一個字都說不出。

當她想伸手想觸摸葛葳的臉，卻被狠狠甩開。葛葳擦掉眼淚，回到沒有表情的臉，「那篇文章的事，爸知道了嗎？」

「妳爸不知道，我想妳也不想讓他知道，所以我已經叫意均別告訴他。」

「這樣很好，妳最好一直瞞著。要是爸也追究我當年非要誣陷老師不可的原因，我可能就不得不提到坤成叔叔對我做的事，這應該不是妳希望的。」

葛葳的語氣沒有一絲起伏，「既然妳說妳是我媽，也真的擔心我，那妳現在就讓我重新相信一次。除了追究我犯的錯，也關心一下是誰在網路上發表那篇文章，讓我遭受到嚴重網暴。看到有人傷害心愛的孩子，正常的媽媽應該都會憤怒心疼，想為孩子討公道吧？」

葛母立刻從女兒的這句話聽出什麼，神情變得認真，「妳要媽媽做什麼？難道妳知道是誰發表那篇文章？」

「對，我心裡有一個高度懷疑的人，對方是別校的女學生。如果可以，我希望妳明天就幫我聯繫學校，想辦法讓我和那個人當面對質，並且讓雙方家長到場。當然，不用真的把爸找來，那天妳在就好。只要媽幫我這個忙，我就答應妳會認真反省，不再做同樣的事。」

聽到女兒這麼說，葛母臉上浮現欣慰，二話不說答應。

＊＊＊

石渝安從學務主任口中得知，葛葳的母親指控她疑似為了跟女兒的私人糾紛，在網路上發文污衊葛葳，讓葛葳遭到嚴重的網路攻擊，人身安全也受到威脅，希望在正式報警前，先跟對方家長進行協調，她如墜冰窟，兩腿都快站不穩。

陷入恐慌的她起先矢口否認指控，直到主任提醒，一旦對方報警處理，匿名帳號的ＩＰ位置就會被查出。她啞口無言，卻仍然沒承認，最後主任表示今天就會通知她的家長，讓石渝安一出學務處，就急得紅了眼眶。

回家後，石母表示接到學校的電話，面色鐵青地質問她究竟跟誰發生衝突？

石渝安這才知道，原來學校沒有告訴石母是誰指控了石渝安，只讓她知道大概情況，請她明天親自到學校一趟，跟對方家長見面。

石渝安幾乎肯定這是葛葳的陰謀，她不意外葛葳會猜想到她，並再對她進行報復，卻怎樣都沒想到，葛葳這次會做到讓彼此父母碰面這一步。

她無法對母親說實話，躲進房間不出去。聽到母親對放學回來的哥哥抱怨，她緊抱著枕頭哭泣，恨不得地球能在今天就毀滅，讓明天永遠別到來。

翌日午休，石渝安跟石母隨著導師的腳步來到會議室，幾名師長已經坐在裡頭。

看見葛葳跟葛母坐在一起，石渝安感覺全身血液凍結，完全不敢看母親現在的表情。

協調會開始後，石母得知事情的來龍去脈，也看到那篇網路文章，一句話都沒有說。

神態嚴肅的葛母語重心長表示：「如果我們誤會石同學，等結果查出，我們一定會正式道歉。但假如這篇文章真的跟石同學有關，我希望石同學現在就能坦承自己的錯誤，並誠心向我女兒道歉，這樣我跟我女兒就不會再追究。我想給孩子一個機會，不希望事情演變成最壞的局面，希望妳們理解。」

這一刻，石渝安感覺現場所有人的目光都聚集到自己身上，等待著她開口。然而她的雙唇緊閉，也依然沒勇氣看母親的臉，只能繼續發抖，眼淚撲簌簌掉個不停。

這時響起一道敲門聲，看見跟行政人員走進來的石丞光，石渝安跟石母都面露詫異。

「不好意思，我是石渝安的哥哥，我叫石丞光。」

男孩站在眾人面前，投下震撼彈，「寫那篇爆料文的人是我，不是渝安，這件事跟她無關。」

「石丞光，你在說什麼？」石母猛然站起。

「抱歉，媽，這是真的。」石丞光轉頭望向葛母及葛葳，「我之前聽我妹說她跟葛葳發生一點糾紛，心裡很生氣，想幫她出氣。就上網找了些葛葳的文章，再加油添醋，捏造惡意中傷她的內容，想給她一個教訓，卻沒想到事情會變得這麼嚴重。造成葛葳的困擾跟恐懼，真的很對不起，我願意負起責任。請別懷疑到我妹身上，她真的完全不知道！」

葛母擰眉靜靜看著石丞光，最後望向身旁的女兒。

葛葳的目光從男孩臉上離開後，對母親點點頭。葛母見狀，認真告訴他：「好，你肯承認，也願意反省，我跟我女兒就同意不追究，也不讓學校懲罰你們。希望你們兄妹倆務必將這次的事銘記在心，別再做出傷害我女兒的事。否則，我絕對不會再輕易原諒。」

石丞光慎重答應，石母最後也來到葛母面前，鄭重對她跟葛葳道歉，承諾會好好管教孩子。

協調會結束後，石母用著極冰冷的語氣，叫石丞光立刻回學校上課，就頭也不回地離開，沒再看他們兄妹一眼。

回家路上，石渝安跟哥哥又在家附近碰到，石丞光直接把她叫到安靜的地方說話。

「那篇爆料文真的是妳寫的嗎？」

見妹妹咬唇不語，他加重語氣厲聲道：「石渝安，給我回答！」

「對，是我寫的。那又怎麼樣？誰要你多管閒事，我有叫你幫我頂罪嗎？」

石渝安喊完下一秒，就被哥哥狠狠賞了一個耳光，整個人驚呆。

這是他第一次看到石丞光如此憤怒的樣子。

「妳知不知道自己在做什麼？這種事是可以做的嗎？」他訓斥。

「為什麼不可以？那本來就是葛葳做過的事啊！」她不甘示弱叫著。

「妳根本不知道那件事的真相是什麼，就隨便發布那種內容出去，妳有沒有想過後果？要是因為妳那篇文章，真的讓葛葳出什麼事，妳能負責嗎？」

「我怎麼知道事情會變成這樣？當我發現情況變得失控，有立刻把文章刪掉，但還是有人重新上傳，我有什麼辦法？」石渝安哽咽的喊：「你說我不知道那件事的真相是什麼，我怎麼可能會知道？你什麼都沒告訴我啊！不管是你跟葛葳兩年前就認識的事，還是媽跟葛葳的爸爸外遇的事，這些你通通瞞著我，把我蒙在鼓裡。不是嗎？」

他愕然，「妳知道我跟葛葳早就認識？」

「對，上次我親眼看到你跟葛葳在公園說話，也什麼都聽到了。」

石渝安委屈的大哭，「你知不知道葛葳對我做了什麼？就因為我不小心得罪她，她就耍手段折磨我，奪走我的朋友，害我失去重要的人，憑什麼我不能報復回去？」

「妳再氣她，都不該寫出那篇文章。葛葳至今為止有把妳的事公布在網路上，給大家公審嗎？妳的那篇發文會引來多少危險又不理智的人到她身邊，妳還不明白這件事的嚴重性？」

「那種事我才不管。你到現在還只在乎葛葳，卻不在乎我的心情！葛葳這次故意安排雙方家長見面，就是為了讓我跟媽媽難堪，想讓媽一輩子都原諒不了我。媽很可能永遠都不會再跟我說話了，你還只擔心葛葳的處境。既然你根本不把我當一回事，那就再別管我，更別再當我哥。我恨死你了，再也不想看到你了！」

石渝安對哥哥放聲咆哮，當場跑走，到晚上八點都沒回家。

＊＊＊

看完一場沒印象劇情在演什麼的電影，葛葳走到電影院附近的行人徒步區，靜靜坐在椅子上，還沒有回家的打算。

良久，她拿出手機，從LINE裡找出一個封鎖兩年的帳號，直接打過去，對方也真的接聽了。

「喂？」

對方低沉的聲音，讓葛葳眸裡的光微微一動，「你真的沒有封鎖我啊？」

石丞光沉默一會，「怎麼了嗎？」

「沒事，只是想確認你之前說的話是不是真的？」她聽見彼端傳來超商門的叮咚聲，「你在外面？」

「對。渝安今天跟我大吵一架，到現在都還沒回家，所以我出來看看。」

葛葳盯著地面上的石磚，「你媽媽呢？她還好嗎？」

「看起來還好，但一直不說話，也不理我。」

「你今天為什麼會來學校？你媽媽跟你說的嗎？」

「嗯，她接到學校的電話後有告訴我。我從我同學那裡聽到那篇文章的事，回家後就得知渝安的老師請我媽隔天過去，心裡大概猜到是怎麼回事。確認我媽去渝安學校的時間，我再自己偷偷過去。」

「你會恨我嗎？」葛葳輕語，「明明答應不會再傷害妳妹，我卻食言了。還故意讓妳媽和我媽見面，差點就毀掉你一直在守護的東西。你應該非常氣我吧？」

石丞光深呼吸，淡淡回道：「我知道這次是渝安先對妳做了不可原諒的事，所以我沒生妳的氣，只對妳感到抱歉。但我也是真的希望妳們別再繼續傷害彼此。如果渝安今後又對妳做什麼，妳就告訴我，我會阻止她。」

「如果我這次說什麼都無法原諒呢？」

「那妳就恨我，把妳所有的怒氣，通通發洩到我身上就行了。」

葛葳默然片刻，「你還是跟兩年前一樣傻耶。」

「什麼？」

「為什麼要做到這種地步？明明不管是石渝安，還是你媽媽，都不了解你究竟為她們付出多少。為何還要這麼努力？你心裡都不會覺得不值得嗎？做了再多，卻只得到她們的憎恨跟怨懟，這樣到底有什麼意義呢？」

石丞光在嘆息之後回答：「葛葳，她們是我的家人，不能跟別人相提並論。」

「原來如此，因為我就是你說的別人，當初你才可以這麼乾脆的傷害我，連一點餘地也不留給我。」她紅著眼眶微笑，卻是指甲深深陷入手心的肉裡，「你一定不知道，我曾經把你看得比誰都重要，甚至勝過我的家人。」

一分鐘過去，石丞光再度用沒有起伏的聲音開口。

「葛葳，對不起。我真的從來就不討厭妳，但我沒辦法給妳任何回應。」

「因為你本來就不會喜歡我嗎？還是因為我爸跟你媽的關係，讓你有疙瘩，才無法對我產生那種感覺？」

「都不是。」

「那是什麼？」

「不管是什麼，都不重要。」他的語氣多了一分強硬，「總之，看在曾是朋友的份上，我希望妳能答應我的要求。就這樣了。」

男孩掛斷後，葛葳繼續拿著手機不動。

幾個高中生經過葛葳身邊，認出了她，交頭接耳後，在走過她面前時，故意對她說出「不要臉」、「去死吧」這兩句話。見葛葳不為所動，那群學生，幾分鐘後竟又繞到她身後，將空的寶特瓶往她身上丟，直接打中她的後腦。葛葳回頭，他們立刻放聲嘻笑，迅速逃離現場。

葛葳撿起掉在地上的空寶特瓶，丟進旁邊的回收桶裡，又坐回原處。耳邊聽著四周的喧囂聲，凝視眼前的美麗樹燈，在黑夜中閃爍溫柔寂寥的光芒。

『就這樣了。』

「好無聊……」

葛葳喃喃輕語，眼淚滑落臉龐，再也看不清樹上的燈。

真的好無聊。

一切的一切，都好沒有意思。

要是拚命守護的事物，並無法給自己帶來快樂，還讓自己面對更多的失去。那麼，被守護的那些事物，究竟還有沒有繼續存在的意義跟價值？

像個傻瓜的他們，從頭到尾到底守護了什麼？又在守護給誰看呢？守護到最後，又有誰真的覺得感謝了呢？

葛葳再次拿出手機，開始將ＩＧ裡的照片一張張刪除。

刪光所有照片，葛葳半夜發表一張新照片，沒有任何文字敘述，並關閉留言功能。

她決定投下足以摧毀一切的炸彈。

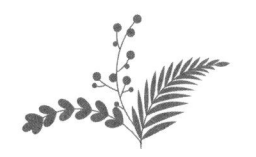

STORY 106

# 他們的青春風暴（上）

作者 晨羽
責任編輯 龔橞甄
美術設計 王瓊瑤
校對 劉素芬

總編輯 龔橞甄
董事長 趙政岷
出版者 時報文化出版企業股份有限公司
一〇八〇一九 臺北市和平西路三段二四〇號四樓
發行專線 （〇二）二三〇六六八四二
讀者服務專線 〇八〇〇二三一七〇五
（〇二）二三〇四七一〇三
讀者服務傳真 （〇二）二三〇四六八五八
郵撥 一九三四四七二四 時報文化出版公司
信箱 一〇八九九 臺北華江橋郵局第99信箱

時報悅讀網 www.readingtimes.com.tw
法律顧問 理律法律事務所 陳長文律師、李念祖律師
印刷 勁達印刷有限公司
初版一刷 二〇二五年七月十一日
定價 新台幣三七〇元
（缺頁或破損的書，請寄回更換）

時報文化出版公司成立於一九七五年，
並於一九九九年股票上櫃公開發行，於二〇〇八年脫離中時集團非屬旺中，
以「尊重智慧與創意的文化事業」為信念。

他們的青春風暴 / 晨羽著 . -- 初版 . -- 臺北市 : 時報文化出版企業股份有限公司 , 2025.07

面； 公分 . -- (Story ; 106)

ISBN 978-626-419-598-0( 平裝 )

863.57 114007852

ISBN 978-626-419-598-0
Printed in Taiwan